小太郎　做生意的螃蟹　鞋匠　文六和妈妈　狐狸阿权　买手套的小狐狸

NANKICHI'S FAIRY TALES

新美南吉童话

[日]新美南吉 著　凌文桦 译　孙亦清 绘

北京理工大学出版社
BEIJING INSTITUTE OF TECHNOLOGY PRESS

版权专有　侵权必究

图书在版编目（CIP）数据

新美南吉童话 /（日）新美南吉著；凌文桦译 . —北京：北京理工大学出版社，2020.12（2025.4 重印）

ISBN 978-7-5682-9171-2

Ⅰ . ①新… Ⅱ . ①新… ②凌… Ⅲ . ①童话—作品集—日本—现代 Ⅳ . ① I313.88

中国版本图书馆 CIP 数据核字（2020）第 204088 号

责任编辑：封　雪　　　文案编辑：毛慧佳
责任校对：刘亚男　　　责任印制：施胜娟

出版发行 / 北京理工大学出版社有限责任公司
社　　址 / 北京市丰台区四合庄路 6 号
邮　　编 / 100070
电　　话 /（010）68944451（大众售后服务热线）
　　　　　（010）68912824（大众售后服务热线）
网　　址 / http://www.bitpress.com.cn

版 印 次 / 2025 年 4 月第 1 版第 4 次印刷
印　　刷 / 武汉林瑞升包装科技有限公司
开　　本 / 787 mm×1092 mm　1/16
印　　张 / 13.5
字　　数 / 155 千字
定　　价 / 79.90 元

图书出现印装质量问题，请拨打售后服务热线，负责调换

目录
C O N T E N T S

小·狐狸买手套　001

008　狐狸阿权

狐狸　024

039　流星

国王与鞋匠　041

044　螃蟹做生意

小·太郎的悲伤　048

054　谎言

爷爷的煤油灯　076

093　红蜡烛

蜗牛　097

100　蜗牛的悲伤

两只青蛙　102

106　原野之春，山之春

正坊和大黑　108

118　郁金香

竹笋　122

	124　跟着气球飞舞的蝴蝶
花木村和盗贼们　126	
	142　去年的树
谁的影子　146	
	148　百姓的脚、和尚的脚
音乐钟　170	
	184　铁匠的儿子
丢失的一枚铜钱　190	
	194　树的庆典
喜欢孩子的神仙　197	
	200　无名指的故事

小狐狸买手套

寒冷的冬天从北方来到了狐狸母子居住的森林里。

这天早上,小狐狸想要到洞外去玩耍,刚走到洞口,突然"啊"的喊了一声,双手捂着眼睛,跑到狐狸妈妈身边,说:"妈妈,不知道什么东西扎到我眼睛里了,快帮我拔出来!快点儿!快点儿!"

狐狸妈妈吓了一跳,紧张得心都揪起来了,它小心翼翼地把小狐狸捂着眼睛的手挪开仔细查看,眼睛好好的,并没有什么东西扎在眼睛里。狐狸妈妈跑到洞外一看,这才恍然大悟。原来昨天晚上下了一场很厚很厚的雪,明晃晃的阳光照射在洁白的雪地上,反射出刺眼的光芒。小狐狸从来没有见过雪,突然被强烈的反射光一照,眼睛刺痛,所以还以为是什么东西扎到眼睛里了呢!

小狐狸跑出去玩了。它在棉花一般柔软的雪地上来回奔跑,扬起的雪花满天飞舞,在阳光的照耀下,映出一道小小的彩虹。

突然,从后面传来了一阵可怕的声响!

"呱嗒,呱嗒,哗啦!"

随着声响,一阵面粉似的细雪朝小狐狸落下来。小狐狸吓了一跳,赶紧在雪地上一阵翻滚,一下子逃出十几米远。小狐狸心想:这是什么呀?它回头看了看,并没有发现什么奇怪的东西,只有一缕缕白雪如同白丝线般不停从树枝间往下坠落。

玩了一会儿,小狐狸回到洞中,对狐狸妈妈说:"妈妈,我的手好冷呀,都冻僵了。"

它把两只湿答答、冻得发紫的小手伸到了妈妈面前。狐狸妈妈用自己温暖的手轻轻地握着小狐狸冰冷的手,一边朝小狐狸的手上呵着暖气,一边说:"马上就会暖和起来喽。妈妈给你暖暖,很快就会暖和啦!"

狐狸妈妈心里暗暗地想:天这么冷,要是把我可爱宝宝的手给冻出了冻疮那多可怜啊!等天黑以后,去镇上给我的乖宝贝买一副合适的毛线手套吧!

夜幕降临了,黑夜如同一张大大的黑色包袱皮,把原野和森林都包裹起来了,但是雪太白太亮了,无论怎样努力包裹,周围仍然泛着白光。

狐狸母子从洞里走出来。小狐狸躲在妈妈的肚子下面,一边走着,一边瞪着滴溜圆的眼睛,好奇地东看看西看看。

不久,前方出现了一点亮光。小狐狸对妈妈说:"妈妈,星星掉到那么低的地方去了呢!"

"那不是星星。"狐狸妈妈说着,不由自主地停下了脚步。"那是镇上的灯光啊!"

看到镇上灯光的一瞬间,狐狸妈妈想起了有一次她和朋友到镇上去时遇到的倒霉事。当时,狐狸妈妈一再劝说那位朋友,千万不要偷东西,但朋友不听,非要偷人家的鸭子,结果被人家发现了,把它追得四处逃窜,好不容易才捡回一条命。

"妈妈,你站着干什么呀?快点走吧!"

可是不管小狐狸在狐狸妈妈的肚下怎么催促,她就是迈不开腿,怎么也不敢往前走。这可怎么办呢?它实在想不出一个能买到手套的好办法,只好让小狐狸自己去镇上买手套了。

"宝宝,伸出一只手来。"狐狸妈妈说着,握住了小狐狸伸出的那只手,不一会儿,那只手就变成了一只可爱的人类小孩的手了。小狐狸把那只手伸出并握起来,然后又捏捏,又闻闻。

"妈妈,这是什么呀?怎么看着这么奇怪啊?"

小狐狸一边说,一边借着雪光,仔细端详起那只变成人类手的形状的手来。

"这是人类的手,乖孩子,你听妈妈说。到了镇上,你会看到很多房子。首先,你要找一个挂着黑色大礼帽招牌的房子,找到后,就咚咚敲敲门,然后说'晚上好'。你这样做,里面的人就会把门打开一条缝,你从门缝里把这只手,哦,就是这只人类的手伸进去,说:'请卖给我一副合适的手套。'明白了吗?千万不要把另外一只手伸进去啊!"狐狸妈妈耐心地教着小狐狸。

"为什么要这样做呢?"小狐狸不解地反问道。

"因为人类如果知道你是狐狸,不但不会把手套卖给你,还会把你抓住,关在笼子里呢!人类啊,是非常可怕的东西!"

"嗯!"

"一定要记住,千万不能把另外一只手伸进去。要把这只手,把这只人类的手伸进去。"狐狸妈妈说着,把带来的两个白色铜钱塞进了小狐狸那只人类的手里。

小狐狸在映着雪光的原野上,摇摇摆摆地朝着镇上有灯光的方向走去。一开始只有一盏灯,接着出现两盏,三盏,后来增加到十几盏。小狐狸看着这些灯光,心里想:这些灯就像星星一样,有红的、有黄的,还有蓝的呢!很快,它就来到了镇上。

大街上,家家户户都已经关了门,只有温暖的灯光透过高高的窗户,映照在街道里的积雪上。

不过,店铺门外的招牌上大多都点着小电灯。有自行车的招牌、眼镜的招牌,还有很多很多各种各样的招牌。那些招牌有的是用新油漆涂写的,有的则像旧墙壁一样,已经脱落了。小狐狸一边看着招牌,一边寻找帽子店。它第一次来到镇上,完全搞不清楚那些到底都是什么。

小狐狸终于找到了帽子店。狐狸妈妈在路上反复跟它说过的那个画着黑色大礼帽的招

牌，在蓝色灯光的照耀下，挂在门前。

小狐狸按照妈妈教的，咚咚咚敲了敲门，然后说："晚上好。"

里面响起咚咚的脚步声，随后，门嘎吱一声开了一条一寸左右的缝。一道灯光从门缝里照射出来，在街道里的白雪上映照出一道长长的光。

小狐狸的眼睛被灯光一晃，一下子慌了神，结果伸错了手——把妈妈反复叮嘱不该伸进去的那只手从门缝里伸了进去，说道："请卖给我一副合适的手套吧！"

帽子店的人看到这只手，不由得心里暗自吃了一惊。他心想，这是一只狐狸的手呀，如果狐狸买手套，一定是拿树叶来买的，于是，他说："请先交钱。"

小狐狸老老实实地把一直握在手里的两个白铜钱交给了帽子店的人。那人接过来，用食指用力弹弹，然后互相敲敲，铜钱发出了悦耳的叮叮声。他看到这不是树叶，是真正的铜钱，于是便从柜子里取出一副小孩用的毛线手套，放到小狐狸手里。小狐狸说了声"谢谢"，就离开了帽子店。它顺着来时的路一边走，一边想：妈妈说人类是可怕的东西，可是今天的事挺顺利的呢，并没有感到人类有什么可怕的。

当它从一个窗户下走过时,忽然听到里面传来人类的声音。

睡吧,睡吧,
躺在妈妈的怀里;
睡吧,睡吧,
枕着妈妈的胳膊。

啊,这是多么慈祥、多么好听、多么让人感到安心的声音啊!

小狐狸想:这个肯定是小孩的妈妈唱歌的声音。因为每当小狐狸困了想睡觉时,狐狸妈妈也会用这种慈祥的声音唱歌,摇着它睡觉。

接着,传来了小孩的声音:"妈妈,晚上这么冷,住在森林里的小狐狸会不会也在喊

好冷啊好冷啊？"

又传来了小孩妈妈的声音："森林里的小狐狸啊，它也在听着狐狸妈妈的歌，马上要在洞里睡着了呢！乖宝宝快睡吧，看看你和小狐狸谁睡得更快，好不好？一定是妈妈的乖宝宝睡得最快。"

小狐狸听到这儿，忽然觉得好想妈妈啊！它连蹦带跳，飞快地朝着妈妈等候的地方跑去。

狐狸妈妈一直非常担心，提心吊胆地等着小狐狸，心里一直在想，我的孩子马上就会回来了，马上就会回来了。一看见小狐狸回来，狐狸妈妈喜极而泣，一把把它拥进了自己温暖的怀里。

两只狐狸朝着森林的方向往回走。月亮出来了，月光照射在两只狐狸的皮毛上，发出一闪一闪的银色光芒。它们身后，留下一串蔚蓝色的脚印。

"妈妈，人类一点儿都不可怕呀！"

"为什么？"

"刚才在镇上，我弄错了，把自己真正的手伸了出去，可是帽子店的老板并没有来抓我呀，还卖给我一副这么暖和这么好看的手套。"小狐狸说着，啪啪拍着戴了手套的双手，给狐狸妈妈看。

"哎呀！"狐狸妈妈吓得惊叫了一声，然后不停地小声嘟囔着："人类真的有那么善良吗？人类真的很善良吗？"

狐狸阿权

一

这是我小时候听村里的茂平爷爷讲过的一个故事。

据说很久很久以前,离我们村子不远处有一个叫作中山的地方,那里有一座小小的城堡,里面住着一位姓中山的老爷。

离中山不远的山里,住着一只名叫阿权的狐狸。阿权家里只有它自己。它就在长满羊齿草的树林里挖了一个洞当作自己的家。不管是夜晚还是白天,它都会跑到附近的村子里捣蛋,有时把地里的山芋刨得乱七八糟,有时把晒干的油菜秸秆点着了,有时候还会把农民家后门边挂着的辣椒揪下来。

有一年秋天,接连下了三天的雨,阿权没办法出去玩儿,只好整天蹲在自己的洞里。

天刚一放晴,阿权像是解放了似的赶紧从洞里钻了出来。雨后,碧空如洗,空气清新,还不时传来百灵鸟一阵阵清脆的叫声。

阿权跑到了村边的小河堤上,河边的狗尾巴草上还挂着晶莹的雨珠,在阳光下闪闪发光。这条小河平时水很少,但是现在因为下了三天雨,河水暴涨,哗哗地流淌着。河边的狗尾巴草和蒿草的秆平时都是不会被河水淹到的,现在却被混浊的河水冲倒了,挤压成一片,显得凌乱不堪。阿权沿着泥泞的小路朝小河的下游走去。

突然,阿权看到河里站着一个人,不知道正在干什么。阿权怕被他发现,就悄悄钻进草丛深处,一动不动地躲在那里窥视着那边的动静。

噢,原来是兵十啊!阿权认出了那个人。只见兵十将身上那件黑色破衣服的下摆朝上卷起,站在齐腰深的河水中,晃动着一张叫作网袋的渔网。他头上裹着头巾,脸上粘着一片圆圆的蒿草叶,好像长了一颗大黑痣。

过了一会儿,兵十将网袋最后端一个像口袋似的东西从河水中提了起来,里面塞满了草根、草叶、烂木头等乱七八糟的东西,但杂物中间也有一些闪闪发光的东西。原来是胖胖的鳗鱼和鲫鱼的白肚皮在发光啊!兵十将这些鳗鱼和鲫鱼连同乱七八糟的东西一起倒进鱼篓里,然后把网袋底部绑紧又放到了水里。

兵十提着鱼篓从河里上了岸,将鱼篓放在河堤上,然后像是忽然想到了什么事,朝小河上游方向跑去。

兵十跑远了,阿权从草丛中钻出来,跑到鱼篓跟前。它又想搞恶作剧了。阿权把鱼篓里的鱼抓出来,瞄准放着网袋处的小河下游方向使劲扔过去,扔一条就发出扑通一声,鱼儿们摆摆尾巴钻进混浊的河水里游走了。

最后,剩下一条胖大的鳗鱼,阿权伸手去抓,可是这条鱼滑溜溜的,用手怎么也抓不住。阿权急了,把脑袋伸进鱼篓里,一口叼住鳗鱼头。那条鳗鱼一下子就缠在了阿权的脖子上。正在这

时，不远处传来兵十的怒骂声："快滚开！你这个贼狐狸！"

阿权吓得蹦了起来，想把鳗鱼甩掉好快点逃走，但是那条鳗鱼却紧缠着它的脖子就是不下来。阿权只好飞快地往旁边一跳，飞也似的逃走了，一直跑到自己家附近的赤杨树下，回头一看，兵十并没追上来。

阿权这才松了口气，将鳗鱼头咬碎，才总算解脱出来。它将鳗鱼丢在了洞外的草地上。

二

又过了十来天，阿权经过农民弥助家的屋后时，看见弥助的妻子正在无花果树下染牙齿①。当它走到铁匠新兵卫家的屋后时，看见新兵卫的妻子正在梳头。

阿权暗想：村里是有什么事了吗？到底是什么事呢？是秋祭②吗？若是秋祭，应该能听到敲鼓声和笛子声啊！现在神社那里还挂着鲤鱼旗呢！

阿权一边走一边想，不知不觉来到门口有一口红色水井的兵十家的门前，只见那个又破又小的屋子里聚集了很多人。妇女们穿着只有在正式场合才穿的和服，腰间挂着擦手巾，正在给门口的大锅烧火。大锅里咕嘟咕嘟的不知道煮着什么。

"啊，原来是葬礼啊！"阿权心里想，"兵十家有人死了吗？"

天一过晌午，阿权便跑到村里的墓地，躲在地藏菩萨像的背后。今天天气真好，远处城堡房顶的瓦在阳光下闪闪发光。墓地里，彼岸花竞相开放，像是给地上铺了一层红地毯。这时，村子那边传来了钟声，这是出殡的信号。

不一会儿，阿权就看见身穿白色丧服的送葬队伍过来了，渐渐能听到人们的说话声了。队伍进了墓地，人们走过的地方，彼岸花都被踩倒了。

---

① 染牙齿：旧时日本妇女盛行将牙齿染黑，以此为美。一般的平民也只是在特殊场合才染牙齿，如婚礼、祭祀、葬礼等。这些都是为了使场合显得更加正式。

② 秋祭：秋收后举行的一种祭祀活动，以感谢神明赐予人们谷物收成。

时，不远处传来兵十的怒骂声："快滚开！你这个贼狐狸！"

阿权吓得蹦了起来，想把鳗鱼甩掉好快点逃走，但是那条鳗鱼却紧缠着它的脖子就是不下来。阿权只好飞快地往旁边一跳，飞也似的逃走了，一直跑到自己家附近的赤杨树下，回头一看，兵十并没追上来。

阿权这才松了口气，将鳗鱼头咬碎，才总算解脱出来。它将鳗鱼丢在了洞外的草地上。

二

又过了十来天，阿权经过农民弥助家的屋后时，看见弥助的妻子正在无花果树下染牙齿①。当它走到铁匠新兵卫家的屋后时，看见新兵卫的妻子正在梳头。

阿权暗想：村里是有什么事了吗？到底是什么事呢？是秋祭②吗？若是秋祭，应该能听到敲鼓声和笛子声啊！现在神社那里还挂着鲤鱼旗呢！

阿权一边走一边想，不知不觉来到门口有一口红色水井的兵十家的门前，只见那个又破又小的屋子里聚集了很多人。妇女们穿着只有在正式场合才穿的和服，腰间挂着擦手巾，正在给门口的大锅烧火。大锅里咕嘟咕嘟的不知道煮着什么。

"啊，原来是葬礼啊！"阿权心里想，"兵十家有人死了吗？"

天一过晌午，阿权便跑到村里的墓地，躲在地藏菩萨像的背后。今天天气真好，远处城堡房顶的瓦在阳光下闪闪发光。墓地里，彼岸花竞相开放，像是给地上铺了一层红地毯。这时，村子那边传来了钟声，这是出殡的信号。

不一会儿，阿权就看见身穿白色丧服的送葬队伍过来了，渐渐能听到人们的说话声了。队伍进了墓地，人们走过的地方，彼岸花都被踩倒了。

---

① 染牙齿：旧时日本妇女盛行将牙齿染黑，以此为美。一般的平民也只是在特殊场合才染牙齿，如婚礼、祭祀、葬礼等。这些都是为了使场合显得更加正式。
② 秋祭：秋收后举行的一种祭祀活动，以感谢神明赐予人们谷物收成。

在猜想他受伤的原因时,只听兵十喃喃自语道:"到底是谁把沙丁鱼扔进我家来的呢?害得我被鱼贩子当成贼,狠狠挨了一顿揍。"

阿权一听,心想:这下可糟了。可怜的兵十准是被鱼贩子揍了,所以才受伤的吧?它

阿权伸长了脖子仔细观看，只见兵十穿着一身白色的孝服，手里捧着灵牌。那张平时像红山芋一样、显得精神抖擞的脸，今天不知为什么变得无精打采的了。

"啊，死的是兵十的妈妈呀！"阿权边想着，边把头缩了回来。

这天夜里，阿权在自己的洞中陷入沉思：一定是兵十的妈妈卧病在床的时候说很想吃鳗鱼，所以兵十才带着渔网去抓鱼，可是我却把鳗鱼都给拿走了，弄得兵十的妈妈没吃到鱼。他妈妈临死前肯定还念叨着："我想吃鳗鱼！我想吃鳗鱼！"然后就这么遗憾地去世了。唉，我真不该开这种玩笑，实在太过分了。

三

这天，兵十正在红色井台边磨麦子。

兵十以前一直是和母亲相依为命的，母亲一死，就只剩下他孤身一人了。

"兵十也和我一样孤苦伶仃了。"阿权躲在仓房后面看着兵十，心里这样想。阿权刚想离开仓房，朝兵十那边跑过去时，不知从什么地方传来叫卖沙丁鱼的吆喝声："沙丁鱼便宜喽！新鲜美味的沙丁鱼哦！"

阿权又朝着吆喝声的方向奔去了。这时，弥助的妻子在屋门口招呼道："拿点沙丁鱼来！"

鱼贩子把装着沙丁鱼筐的车停在路旁，两手抓着白花花的沙丁鱼走进弥助家。阿权趁这空子，跑过去从鱼筐中抓出五六条沙丁鱼，然后匆忙朝刚才它来的方向跑去，把偷来的沙丁鱼都从后门扔到兵十家里去了，随后，转身朝自己的洞奔去。跑到半路时，阿权从一个上坡回首张望，还能看见在井边磨麦子的兵十那小小的身影。

阿权觉得自己为了补偿兵十的鳗鱼做了第一件好事。

第二天，阿权到山上采了很多栗子，捧着来到兵十家。它从后门往屋里张望，兵十正在吃午饭。只见他捧着碗，呆呆地想着什么。奇怪的是，兵十的脸颊上还带着伤。阿权正

四

这天晚上的月亮特别亮,阿权又出去闲逛了。它从中山老爷的城堡门口经过,往前走了不远,突然发现有人顺着小路迎面走了过来。月光下,松虫嘀嘀鸣叫着,渐渐地能听见虫鸣中夹杂着人的说话声了。

阿权赶紧躲到路旁,不敢出声。说话声越来越近了,原来是兵十和弥助两个人。

"哦,对了,有件事,弥助!"兵十说道。

"怎么啦?"

"我最近遇到了一件非常不可思议的事。"

"什么事?"

"自从我妈妈去世后,不知是谁,每天都会把栗子和松茸偷偷送到我家来。"

"啊?那是谁干的啊?"

"我也不知道啊!每次总是趁我不注意,把东西放下就走了。"

阿权悄悄地跟在两人后面走。

弥助问道:"是真的吗?"

"当然是真的。你要觉得是我在撒谎,明天到我家来,我把那些栗子拿给你看看!"

"嘿,还有这么奇怪的事啊!"

随后两人都没有再没说活,默默地走了。

走了一会儿,弥助无意中回头看了看。阿权吓了一跳,赶紧将身子蜷了起来。弥助没注意到它,继续快步朝前走去。两人到了一个名叫吉兵卫的农民家门口,便走了进去。屋里传来梆梆梆敲木鱼的声音,屋里的灯光在纸窗户上映出一个晃来晃去的光头和尚的影子。

噢,原来是在念经呀!阿权边想边在井台边蹲了下来。过了一会儿,又来了三个人,也一块儿进了吉兵卫家。

屋里传来念经的声音。

边想边悄悄绕到仓房那边,将栗子放在门口,然后就回去了。

后面几天,阿权每天都到山上采栗子,然后送到兵十家里。再后来,它不光送栗子,有时候还会带两三个松茸过去。

五

阿权一直蹲在井台边上，直到念经结束。兵十又和弥助一起结伴往家里走。阿权想听听他们俩都说些什么，就悄悄跟在后面，把自己隐藏在兵十的影子里。

走到城堡前面时，弥助开口说道："我觉得刚才你说的那个事肯定是神仙干的。"

"啊？"兵十惊讶地看着弥助。

"我刚才就一直在想这件事，怎么看都不像是人做的，那就肯定是神仙了。一定是神仙觉得你一人孤孤单单很可怜，就赏赐了各种各样的东西给你。"

"是吗？"

"当然啦！所以你一定要每天都好好敬拜神仙啊！"

"嗯！"

阿权心想：哼，这家伙可真能瞎掰！明明是我送的栗子和松茸，不来敬拜我，却要去敬拜什么神仙。我也太亏了吧？

六

第二天，阿权又带着栗子来到兵十家。兵十正在仓房里编草绳，于是阿权便从后门偷偷溜进了他家。

正在这时，兵十刚好抬起头来。哎呀，家里跑进来一只狐狸！这不正是上次偷我鳗鱼的那只狐狸吗，居然跑到我家来捣蛋了！

"来得正好！"

兵十站起身，拿下挂在仓房墙上的火药枪，装上火药，蹑手蹑脚地走了过去，对着正要跑出门的阿权砰的就是一枪，阿权应声倒地。

兵十跑过去一看，突然发现屋里散落着一堆栗子，不禁吃惊地将目光投向了阿权。

"哎呀,是你一直在给我送栗子吗?"

阿权闭上眼睛,无力地点了点头。

兵十手中的火药枪哐当一声掉在了地上,枪口还冒着一缕青烟。

狐狸

一

七个孩子在月夜里走着,他们中既有大孩子也有小孩子。

月光从天空中照了下来,把孩子们短短的影子投映在地面上。

孩子们纷纷看着自己的影子,心想:哎呀,我的头怎么这么大,我的腿怎么那么短呀!

有的孩子觉得这太可笑了,忍不住笑了起来。也有的孩子觉得自己的影子实在太丑了,别扭地跑了几步后又停下来看看。

这样的月夜里,孩子们难免脑洞大开,奇思妙想起来。

他们来自一个小小的村庄,要去半里之遥的本乡逛晚上的庙会。

孩子们爬上凿开的山路,听着轻柔夜风带来远方悠扬的笛声。孩子们不由得加快了脚步,有一个孩子被大家落在了最后。

有一个孩子发现小伙伴被落在最后,不由得冲他叫了起来:"我说文六啊,你倒是快点儿呀!"

即使在朦胧月光下也能看得出文六是那么纤瘦、白皙,此刻他的眼睛也显得很大。他正努力追赶着前面的小伙伴们。

"我知道了,可是我穿的是妈妈的木屐,根本走不快呀!"文六噘着嘴。原来如此,他那双小脚上穿着一双大人的木屐,难怪跑不快,被大家落下了。

二

到了本乡没多久,孩子们就看到路边有一家木屐店,都走了进去。因为文六妈妈拜托义则帮文六买一双新木屐,所以义则噘着嘴,对木屐店的老板娘说:"阿姨,这是木桶店清六家的孩子,麻烦您帮他拿一双木屐,回头他妈妈会过来把钱给您的。"

为了让老板娘看清楚文六，小伙伴们把他推到前面。文六有些不知所措，站在原地眨着眼睛。

老板娘看着他茫然的神情不由得笑出声来，从鞋架子上拿下一双木屐。

可是哪双木屐合脚呢？若不试穿一下还真不好说。义则像老父亲一样拿着木屐给文六的脚比了比大小。文六到底是个孩子，还是个喜欢被大家宠着的孩子。

正当文六刚穿上新木屐时，有一位驼背老奶奶也走进了木屐店。老奶奶瞅了他们一眼，说了一句："哎呀呀，这是谁家的孩子呀，晚上穿新木屐，可是会被狐狸附身的哦！"

孩子们被老奶奶的话吓到了，纷纷抬起头来吃惊地看着她。

义则马上说："这是骗人的，怎么可能有这种事呢？"

另一个孩子也叫了起来："就是，这是迷信啦！"

虽然大家嘴上那么说着，可孩子们的脸上都浮现出不安的神色来。

这时，木屐店的老板娘笑了笑说："好了，我给这双木屐施一个幸福魔法吧！"她在新木屐鞋底做着划火柴的动作，比画了好几下，这才对孩子们说："好了，阿姨已经施过魔法了，这下狐狸就不会附身了。"等老板娘施完所谓幸福魔法后，孩子们才离开了木屐店。

三

孩子们一边吃着手里的棉花糖，一边眨着眼，聚精会神地看着台上的演出。虽然台上的人挥舞着两把扇子，脸上涂了厚厚的一层白粉，但他们还是认出了那个跳扇子舞的孩子就是多福澡堂的多根子。

"哎呀呀，原来是多福澡堂的多根子呀，哈哈哈。"大家窃窃私语。

当他们看扇子舞有些腻味时，就找了一个地方放烟花。烟花旋转的时候，四下飞溅的火花时不时地弹射到石墙上。

舞台上明亮的灯火招来了许多小虫，围着灯火打转。孩子们定睛看去，舞台正面的廊檐下紧贴着一只硕大的红土色飞蛾。

当人偶三番叟在庙会装饰花车最狭窄的地方进行表演时，神社内的人流似乎也少了起来，就连放烟花和给气球打气的声音似乎也少了。

孩子们都跑到装饰花车边围成一圈，仰起脖子看向人偶的脸。人偶既不像是成年人，也不像是孩童，唯有那漆黑幽邃的眼眸给人一种活着的错觉，因为当人偶师在背后拉线牵动人偶的时候，他会眨眼。孩子们都知道这事儿，可是真当人偶眨眼时，他们又觉得毛骨悚然。人偶的嘴突然吧嗒一声张开，伸出了舌头，然后又在转眼间缩回到血红的嘴里。当然，人偶之所以能做出这样的动作，都归功于背后操纵绳索的人偶师。孩子们对此也十分清楚。如果是大白天，他们或许会觉得十分有趣，并且哈哈大笑。可是这会儿，他们一点儿都笑不出来了。在朦胧的灯火下，影影绰绰的光芒中，宛若活人一般，时而吐舌时而闭嘴的人偶，总让孩子们有一丝说不出的恐惧。

这时，孩子们想起了一些事，就是文六穿新木屐的事，想起刚才驼背老奶奶说过，晚上穿新木屐会被狐狸附身的事……而且他们这才注意到，似乎大家在外面玩得太晚了。孩子们意识到必须尽快回家了，因为他们还要赶半里地的路呢！

四

大家来时月色沉沉，回去时月色也是同样的。

可是，回家的月夜那么寂寥。孩子们默不作声，无精打采，像是在心中思量着什么，一语不发地赶路。四周静悄悄的。

当他们再次踏上凿开的山路时，一个孩子凑近另一个孩子身边，嘴贴到他耳旁小声说了好一会儿话，然后，另一个孩子凑到其他孩子那边，附耳交谈了一阵子。就这样，一个传一个。当然，文六并不在其中。

他们说的其实是这件事：木屐店的阿姨并没有在文六的木屐上施什么魔法，只是装个

样子而已。然后，孩子们又默默上路了，他们一边走一边想：被狐狸附身会怎么样呢？是文六的身体里有狐狸吗？又或者是文六的外貌不发生变化，只是内心变成了狐狸的？或许文六现在已经被狐狸附身了。因为文六沉默不语，所以我们也不清楚，可能他的内心已经变成了狐狸。

一样的月夜，一样的原野中的小道，大家都在思量同一件事。想着想着，孩子们又不由自主地加快了脚步。当他们走到四周被低矮桃树包围的水池边时，有一个孩子"咳咳"地小声咳嗽了几声。

因为夜是这么的静悄悄，孩子们又是十分安静地赶路，所以大家都听到了咳嗽声。然后互相问："刚才是谁在咳嗽呢？"问了一番，才知道刚才咳嗽的正是文六。

原来刚才是文六在咳嗽！其他孩子不由得开始胡思乱想起来，那么这咳嗽声是不是有什么特别的含义呢？仔细想想，刚才那好像不是咳嗽声呀，有点儿像是狐狸叫！

"咳咳。"文六又咳嗽了一声。

其他孩子都认为文六肯定是变成了狐狸：哎呀，我们中间有一只狐狸。

他们越想越害怕，走得就更快了。

五

文六家住在距离大家稍远的地方，孤零零地立在湿地中，周围是一片广阔的橘子园。以前孩子们回家的时候，都会在水车那儿绕上一圈，这样就能把文六送到家门口了。因为文六家只有他这么一个独生子，所以全家都把他视为掌上明珠，疼爱得不得了。文六妈妈经常给孩子们吃橘子和点心，让他们和文六一起玩，今天晚上逛庙会也是孩子们到文六家门口来接他的。

孩子们终于走到了水车边，水车边有一条狭窄的小道，一直通往草坡下面，这也是去文六家的路。

往常大家都会把文六送回去，可是今晚，他们好像把文六遗忘了似的，谁都不说要把他送回去。其实孩子们并不是真的忘记要送文六，只是他们害怕文六已经被狐狸附身了。文六心想：就算你们不送我，热心的义则一定会把我送回家的。

可是他向后看了看，只看到孤零零的水车影子。月亮为他照亮了回家的路，道路两旁时不时响起青蛙的叫声，清脆响亮的呱呱声打破了夜的宁静。

文六暗自想到：反正这儿离自己的家已经很近了，就算没人送也没什么好怕的。但是平时大家都会送他回家，这次却没有人送，文六总觉着有些寂寞，尽管文六平时看上去有些憨憨的，可他心里比任何人都清楚，他明白大家刚才所说的悄悄话肯定跟今天自己新买的木屐有关，也知道是刚才自己的那两声咳嗽，让大家更害怕了。

但是，去庙会的时候大家明明那么温柔地照顾自己，就因为晚上买了一双新木屐可能会被狐狸附体，所以大家就再也不关心自己了。一想到这些，文六就觉着心里特别难受。

文六又想起了义则，义则比文六高四个年级，向来是个热心的孩子，平时对文六照顾有加。若是平时，文六觉得冷了，义则会马上脱下外套给他披上，然而今天晚上，不管文六咳嗽得有多厉害，义则都没给他披上衣服。

文六走到自己家门口时，突然有些担心，如果自己真的被狐狸附体了，那该怎么办呢？爸爸妈妈还会爱自己吗？

六

文六回到家时，爸爸还没从木桶店协会回来，所以他就先和妈妈一起睡了。

虽然文六已经是小学三年级的学生了，可是他还是很想和妈妈一起睡。妈妈又是这样疼爱他，所以就同意了。谁让他是家里的独生子呢。

"好了，和妈妈说说今天庙会上发生的事情吧！"妈妈摸了摸文六的头说道。

文六有一个习惯，每天都会把当天发生的事情讲给妈妈听，如学校里发生了什么事情，

在街上看到了什么事情，又或是自己看了什么电影，吃了什么零食之类的，虽然文六不善言辞，讲述的时候磕磕巴巴，不是很顺畅，但妈妈还是津津有味地听文六说。

"我们发现跳扇子舞的小女童是多福澡堂的多根子哦！"文六说道。

"是吗？"妈妈笑了笑，"那，后来还有谁上场表演了呢？"

文六努力想了想，然后慢慢说着，不过后来，他终于忍不住了，不再说跟庙会有关的事情了，而是问道："妈妈，如果晚上买新木屐，是不是会被狐狸附身呢？"妈妈还以为文六会说些其他事情，没想到会是这个，她十分惊讶地看着文六，她猜到今晚在文六身上发生什么事情了。

"这话是谁说的呢？"

文六认真地睁大了眼睛，重复了一下自己的问题。"妈妈，请你告诉我，这是真的吗？"

"这啊，只是胡说呢，怎么可能会有这种事情呢，是以前的人迷信才这么说呢。"

"是胡说的吗？"

"当然是胡说的了。"

"真的吗？"

"当然不会骗你啦。"

文六沉默了一会儿，然后又抬起头对妈妈说道："如果是真的，那么会怎么样呢？"

"什么是真的？"妈妈温柔地反问文六。

文六小声说："如果我真的变成狐狸，会怎么样呢？"

妈妈看着文六忍不住笑了起来。

"说嘛，说嘛，快点告诉我嘛！"文六害羞地用手推了推妈妈，想让妈妈快点告诉他答案。

"怎么样呢？"妈妈想了一下说，"如果真是这样，那么变成狐狸的你就不能待在这个家里面了呢！"

文六听见妈妈这么说，脸色变得难看起来，几乎要哭了。

"那我又能去哪里呀？"

"听说牙根山那边还有其他狐狸，你应该可以去那里吧！"

"那么，爸爸妈妈怎么办？"

于是妈妈装出十分认真的样子对文六说："爸爸妈妈会商量好，既然可爱的文六都变成狐狸了，那在这个世上我们也没有什么值得留恋的了，所以呢，我们会决定都不做人，和文六一起做狐狸。"

"那么爸爸妈妈也要变成狐狸吗？"

"是呀，妈妈和爸爸明天晚上也去木屐店买一双新木屐，跟你一起变成狐狸，然后就带着文六小狐狸去牙根山过日子。"

文六眨着明亮的大眼睛问："牙根山是在西面吗？"

"就是成岩西南方向的那座山。"

"那座山是不是很隐蔽？"

"那是一个长着很多松树的地方。"

"会不会有猎人呢？"

"猎人？就是拿猎枪的那些人吗？深山老林嘛，可能会有吧。"

"如果猎人开枪了，妈妈，那可怎么办呀？"

"只要我们三个躲在很深的洞穴里，就不会被他们发现了。"

"可要是下雪，就会没有食物。如果我们出来找食物，又被猎人的猎犬发现了，该怎

么办呢?"

"如果这样,那么我们只能拼命逃跑了。"

"爸爸妈妈是大狐狸,当然能逃得快,可我还是一只小狐狸,一定会跑不快被落在后面。"

"那么爸爸妈妈会从两边拉着你的手一起逃跑的。"

"如果你们拉着我的手一起逃跑,猎狗突然从后面追上来了,怎么办啊?"

妈妈沉默了一下,然后极其认真地看着文六,说:"如果真是那样,那么妈妈会假装一瘸一拐地慢慢跑。"

"为什么要慢慢跑呢?"

"只有这样,猎狗才会扑上来咬住妈妈呀,然后猎人就会追上来,把妈妈捆起来,那么宝贝,你和爸爸就可以安全逃走了。"

文六大吃一惊,凝视着妈妈的脸。

"不要,我才不要妈妈这样做,如果妈妈被捉走,文六就没有妈妈了。"

"可是,只能这样啊,妈妈会假装一瘸一拐地慢慢跑。"

"我说我才不要妈妈那样做呢!那样做,我会没有妈妈的。"

"可是只能这么做啊,妈妈会假装一瘸一拐地慢慢跑……"

"我不要,我不要,我就是不要!"文六大吵大嚷,扑进妈妈的怀里,眼泪一下子夺眶而出。

妈妈也悄悄用睡衣袖子擦了擦眼角,随后捡起文六踢开的小枕头,把它垫到文六的头下。

流星

冬天，一个非常寒冷的深夜，在寒风呼啸的苍穹上，有三颗肩并肩排成一排的小星星吵架了。

平时它们的关系可好了，但是今晚，中间那颗小星星一直在说："好冷啊，好冷。"所以另外两颗小星星便狠狠地嘲笑了它一番。

天空下面冰冻的田野里，苍鸮突然"嘎——"地叫了一声。这时，中间那颗小星星突然默不作声，朝着田野俯冲了下去。

"喂，你要去哪儿啊？"

"怎么不说一声就自己跑了？"

"它是不是太冷，去买手套了？"

"对，对，它肯定很快就回来了。"

虽然剩下的两颗星星嘴里这么说着，心里却十分担心地想着："它该不会是受不了刚刚的嘲笑，所以就这么逃到别的地方去了吧。"

过了很久很久，那颗飞走的小星星还是没有回来。因为，那是一颗流星。

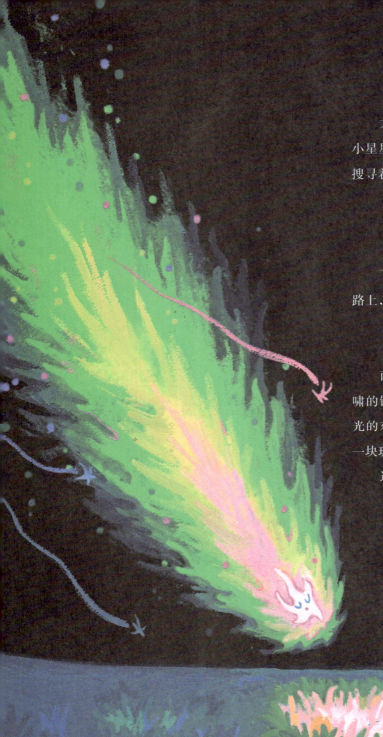

大约又过了一个月，在一天夜里，两颗小星星默默地在天上眨着大眼睛，它们到处搜寻着那颗不见了的小星星。

"哦，它在那儿呢！"

"啊？哪里哪里？"

"你看，就在那边呢。"

下面，一个很远很远的镇子里的一条小路上，有一个东西正在闪闪发光。

"咱们去看看吧。"

"好！"

两颗小星星从高高的天空落到了寒风呼啸的镇子里，可是它们失望了，地上闪闪发光的东西并不是那颗失踪了的小星星，而是一块玻璃瓶碎片。

这一天夜里，苍鸰又在田野里叫了起来。

国王与鞋匠

国王觉得总是待在王宫里实在太无聊了,于是他换上破破烂烂的衣服,化装成一个乞丐,独自一人来到街上。

街上有一家小小的鞋店,一位老爷爷正忙着做鞋子。

国王走进鞋店,瞅了一眼正在干活的老爷爷,很没有礼貌地问道:"喂,老头儿,你叫什么名字啊?"

鞋店里的老爷爷并不知道眼前这位穿得破破烂烂,看起来像是乞丐一样的人就是自己国家的国王,于是他一边忙着手上的活儿,一边用十分冷漠的口吻回答:"问别人问题的时候,应该有礼貌才对。"

"喂,我问你叫什么名字呢?"国王不甘心,又问了一次。

"难道你不知道跟别人说话时要有礼貌吗?"老爷爷又冷冰冰地回了一句,头也不抬,继续忙着手上的活儿。

国王愣了愣,仔细思索了一番,觉得自己的确做得不对,于是改用温和的语气问道:"请问你叫什么名字啊?"

老爷爷这才把自己的名字告诉国王:"我的名字叫马吉斯塔。"

接着国王又问道:"马吉斯塔爷爷,我有一个问题想请教你,麻烦你如实告诉我,你觉得这个国家的国王是一个笨蛋吗?"

"我并不这么认为。"马吉斯塔爷爷回答道。

"难道你就一点儿都不觉得国王是一个笨蛋吗?"国王又问道。

"我一点儿都不这么认为。"马吉斯塔爷爷一边回答着,一边给鞋钉上鞋跟。

"只要你说一句国王是个笨蛋,哪怕只是小声说上一句,我就把这个送给你。你放心吧,这里没有外人,谁都不会知道你说过什么的。"国王一边说着,一边从口袋里掏出一块金光闪闪的怀表,把它搁在了马吉斯塔的膝盖上。

"如果我说这个国家的国王是笨蛋的话,你就会把这个送给我吗?"老爷爷停下了手中的工作,拿着锤子的手也垂了下来,看了看膝盖上的怀表。

"是的,只要你轻轻说上一句,这块怀表就是你的了。"国王搓着双手说道。

突然之间,老爷爷猛地抓起那块怀表,啪的一声将它摔到地板上。

"你快点给我从这儿滚出去,你要是再敢在这儿啰唆,我就用锤子把你砸个粉身碎骨。你这个不懂得忠于国家的家伙。这世界上还会有比我们国王更优秀的人吗?"

说着马吉斯塔就举起了手中的大锤子。

国王吓得赶紧从鞋店里一溜烟儿跑了出来。跑的时候因为慌不择路,一头撞在遮阳棚的栏杆上,头被撞出了一个红红的大包。

虽然疼在身上,但是国王的心里却乐开了花,嘴里不停地念叨着:

"我的国民真好啊。我的国民真好啊。"

然后开开心心地回自己的王宫去了。

螃蟹做生意

螃蟹想做生意,但是做什么生意好呢?它思前想后了许久,最后决定开一家理发店。按照螃蟹的想法,开理发店应该能赚不少钱。

可是,开店许久却一直没有客人来理发。螃蟹不由得心里犯嘀咕:"怎么理发店的生意这么冷清啊。"

于是,螃蟹带着剪刀来到了海边。章鱼正在那里午睡。

"您好呀,章鱼先生。"螃蟹向章鱼打招呼道。

章鱼睁开惺忪的眼睛看了看螃蟹,问:"你找我有什么事吗?"

螃蟹回答:"我是一名理发师,请问有什么需要我为您服务的吗?"

章鱼有些不悦地说:"你仔细看看,我头上长头发了吗?"

螃蟹仔仔细细地看了章鱼的头。果然,章鱼的脑袋光溜溜的,连一根头发也没有。就算螃蟹的理发技术再高,也没办法给不长头发的脑袋理发呀。

于是,螃蟹又来到了山上,看到一只山狸正在山上睡午觉。

"您好呀,山狸先生。"螃蟹向山狸打招呼。

山狸睁开了眼睛看了看螃蟹问:"你找我有什么事吗?"

"我是一名理发师,请问有什么需要我为您服务的吗?"螃蟹问道。

山狸是一种很喜欢恶作剧的动物,它眼珠滴溜溜地一转,想到了一个坏主意。

"好呀好呀,那就麻烦你帮我理个发吧。不过,你必须答应我一件事。就是你给我理好发之后,也必须帮我爸爸也理一下发。"

"好的,小事一桩,就这么说定了。"

终于到了螃蟹大显身手的时候。

只见剪刀上下左右飞舞着,咔嚓,咔嚓。

可是,螃蟹本身个头并不太大。和螃蟹相比,山狸就显得非常庞大了。此外,山狸全身都长满了毛,所以理发工作进行得相当缓慢。螃蟹累得嘴里噗噜噗噜直吐泡沫。尽管如此,螃蟹还是十分努力地挥舞着剪刀,拼命帮山狸理发。结果整整花了三天时间,螃蟹才帮山狸理完发。

"好啦,那就按照我们先前说好的,去帮我爸爸理发吧。"

"请问,您的父亲有多大呀?"螃蟹小声地问。

满肚子坏水的山狸故意吓唬螃蟹:"大概和那座山差不多大吧。"

螃蟹吓得不知所措,心里想着:"哎呀,如果山狸的父亲真的有那么大,自己无论如何也是理不完的呀。"

于是,螃蟹让自己的孩子们都当了理发师,而且不仅是自己的孩子,连孙子、曾孙子,所有来到这个世界上的螃蟹,都要当理发师。

就像我们现在看到的一样,连刚出生的小螃蟹也举着剪刀呢。

小太郎的悲伤

一只虫子嗡的一声从花圃里飞了出来，朝着天空飞去。或许是因为身体太笨重，所以它飞得很慢很慢，只能一点一点向上飞。

飞到离地面约一米的地方，虫子往旁边一跳，落在了地上。或许是因为身体太笨重，所以它在地上爬得很慢很慢，慢腾腾地朝着马房拐角方向爬去。

一直在盯着虫子看的小太郎光着脚，拿着筛子追了过去。

虫子爬啊爬，转过马房的拐角，离开花圃，来到麦田里。它停下来，趴在长满草的堤坝上休息。

小太郎一把抓住它，拿起来一看，原来是一只独角仙。

"啊啊，独角仙！我抓到了一只独角仙！"小太郎兴奋地叫了起来。

但是没有人回应他。因为小太郎没有兄弟姐妹，他是家里的独子，所以在这种时候会更觉得无聊。

小太郎回到走廊上，对奶奶说："奶奶，快看，我捉到了一只独角仙。"

坐在走廊里打盹儿的奶奶睁开眼睛看了一眼独角仙，说了一句："嗯？是螃蟹啊。"

然后又闭上了眼睛。

"不对不对，是独角仙。"小太郎噘着嘴说，不过对奶奶来说，不管是独角仙还是螃蟹，好像根本没多大关系似的，她嘴里含糊不清地嘟囔了几句，然后就再也不想睁开眼睛看了。

小太郎从奶奶的膝盖上拿走一根线，绑住了独角仙的后腿，然后让它在走廊的地板上爬。

独角仙像迷你小牛一样摇摇晃晃地爬着。因为小太郎抓住了线的一头，所以独角仙没办法继续前进，只能嘎嗒嘎嗒划着地板原地踏步。

这么玩了一会儿，小太郎很快就又觉得无聊了。独角仙一定还有什么别的有趣的玩法，肯定有人知道怎么玩，于是小太郎拿起草帽戴在自己的大脑袋上，拎着拴住独角仙的线走出家门。

中午时分，周围一片寂静，偶尔能听到某个地方传来的拍打席子的声音。

小太郎首先来到离他家最近的位于桑田里的金平家。金平家里养着两只火鸡，不知怎么回事，火鸡跑到了院子里。因为小太郎很害怕火鸡，所以不敢径直走进院子，于是他一边隔着栅栏往里看，一边小声叫着：

"金平，金平。"希望能把金平叫出来，他可不希望火鸡听到自己的声音。

因为怕金平没有听到他的叫声，所以小太郎不得不又叫了好几遍。

终于，从屋里传出一个声音："你找金平啊？"是金平的爸爸在答话，那声音听上去就像还没睡醒。"金平从昨天晚上就开始肚子疼，还在睡觉呢，所以今天不能出去玩了。"

小太郎有些失望，泄了气似的转身离开了金平家的

篱笆墙。

"不过，算啦，明天再来吧，如果金平的肚子不疼了，就可以和我一起玩了。"他安慰着自己。接着，小太郎决定去比他大一岁的恭一家看看。

恭一家是一间很小的民房，周围有很多松树、山茶树、柿子树、橡树等树木。恭一很擅长爬树，经常爬到那些树上，要是有人刚好从树下走过，恭一会把山茶树的果实扔下来砸在那人的头上，所以经常有人会这样突然被恭一吓一跳，而且，即使恭一没有爬到树上，他也会藏在什么别的东西的后面，突然哇的一声跳出来吓唬人。因此小太郎每次来到恭一家附近时，都会提高警惕，不敢太大意。他一边上上下下、左左右右、前前后后观察着，一边悄悄往前走。

但是今天恭一没有爬到任何树上，也没有躲在什么别的东西后面，也没有跳出来吓人。

"恭一啊，"正出来要给鸡喂食的恭一妈妈告诉小太郎，"家里刚好有点事，昨天把他送到三河那边的亲戚家里去了。"

"唉！"小太郎若有若无地叹息了一声，他心里又添了遗憾，"怎么回事啊？关系很好的恭一也被送到了那么远的地方去了。"

"那，那他还回不回来呀？"小太郎焦急地问道。

"说不定你过几天再来的时候，他就回来啦。"

"您能告诉我大概是什么时候吗？"

"可能要到盂兰盆节，或者正月时就差不多回来啦。"

"真的吗？大婶，那我到时候再来。"小太郎没有彻底失去希望。盂兰盆节时就又能和恭一一起玩了，不过也可能是正月的时候。

小太郎拿着独角仙，沿着细长的上坡道，朝着大路方向走去。造车匠家就在大路边上，他们家的安雄在上青年学校，虽然他已经长得像大人了，但是喜欢和小太郎这样的小朋友玩，是小孩子们的好朋友。无论是玩争夺阵地的游戏还是玩捉迷藏，他都会参加。安雄也非常受小朋友们的尊重，因为无论是什么样的树叶和草叶，只要被安雄稍微摆弄摆弄，轻

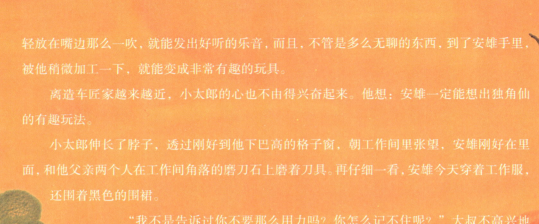

轻放在嘴边那么一吹,就能发出好听的乐音,而且,不管是多么无聊的东西,到了安雄手里,被他稍微加工一下,就能变成非常有趣的玩具。

离造车匠家越来越近,小太郎的心也不由得兴奋起来。他想:安雄一定能想出独角仙的有趣玩法。

小太郎伸长了脖子,透过刚好到他下巴高的格子窗,朝工作间里张望,安雄刚好在里面,和他父亲两个人在工作间角落的磨刀石上磨着刀具。再仔细一看,安雄今天穿着工作服,还围着黑色的围裙。

"我不是告诉过你不要那么用力吗?你怎么记不住呢?"大叔不高兴地唠叨着。看样子他父亲正在教安雄怎么磨刀。安雄面红耳赤,努力磨着刀。小太郎一直等啊等啊,可是安雄就是不朝他这边看。

小太郎终于等得不耐烦了,低声叫了起来:"安哥哥,安哥哥。"他的声音很低,希望只被安雄听见就好了,但是,那么小一个地方,根本不可能只被安雄一个人听到,大叔当然也听到了。

安雄的父亲平常也会跟孩子们闲聊几句,开开玩笑,他是个很和善的人,但是今天不知道怎么了,他似乎正在为什么事生气,两条粗粗的眉毛不停抖动,用冷冰冰的语气说道:"我们家安雄从今天开始就是大人了,不再和小孩子玩了,你还是找别的孩子玩去吧。"

安雄看了看小太郎,无奈地微微一笑。随后马上又向自己的指尖投去热切的目光。

泄了气的小太郎仿佛从树枝上掉下来的虫子一样,沮丧地走了。

小太郎心中涌起了深深的悲伤。

安雄已经不会再回到小太郎的身边了,再也不能和他一起玩耍了。如果只是肚子疼,明天应该就能好了吧。就算是暂时居住在三河那边,也总有一天会再回来吧,但是进入大人的世界的人,就再也不可能回到孩子的世界了。

安雄没有去远方,仍然和小太郎住在同一个村子里,他们两家离得也不远,但是,从今天开始,安雄和小太郎就不再是同一个世界的人了,再也不能一起玩耍了。安雄这里再也没有值得他期待的东西了。

小太郎心中的悲伤如同广阔的天空一般,无边无际地蔓延开来。

有些悲伤可以使人哭泣,哭一场就会消失。有些悲伤是没办法哭出来的,即使哭过了,也不会消失。现在,充斥在小太郎心中的那份悲伤,就是没办法用哭泣来解决的。

小太郎呆呆地站立着,仿佛只是在注视着西边山上那一片镶着红边的、耀眼的浮云。他皱着眉头,默默地、久久地看着远方,连独角仙什么时候从他手中逃脱了都没有注意到……

谎言

一

久助得了流行性腮腺炎，请了五天病假，没去上学。

第六天早上，虽然觉得让大家看到自己肿胀的脸会很不好意思，可他还是去上学了。到学校时，大家已经开始上课了。

一走进教室，果然不出所料，大家的视线一下子都集中到久助身上。久助慌了神，把请假条交给了老师，然后赶紧朝自己的座位走去，这短短的一小段路上，他把几个同学挂在课桌旁边的帽子都碰掉了。终于回到了自己的位子坐下，久助打开了课本。

他邻桌的加市用手指着书示意他，现在已经讲到第十课了。已经学到第十课了啊？久助是在学习第八课《雨中的养老公园》时，不知道为什么总觉得左边的脸很重，然后从那天就开始请假了。

久助一想到自己在家休息时，大家已经把第八课剩余的部分和第九课都学完了，现在坐在这里和大家一起打开读本，听老师讲新课，他心里总有一种和大家格格不入的疏离感。

这时,前面的某个同学被老师点名,开始朗读课文。

"第十课,《稻草之火》。这可不是小事啊!五兵卫一边嘟囔着,一边从家里跑了出来……"

"哎呀,真奇怪啊,"久助心里想着。"这是一个从未听过的声音。正在用那样的声音朗读课文的到底是谁呢?"

久助的视线离开了课本,抬头张望。只见南边窗户旁的座位上,有一个皮肤白皙,穿着有漂亮斜纹的哔叽洋装的少年正在朗读课文。久助并不认识这个少年。

久助看着少年的侧脸,渐渐开始产生一种非常奇怪的幻觉。他不由得开始想:我是不是走错了路,一不小心跑到别的学校来了?不对,这里确实是我的学校,岩滑学校五年级的教室,然而正在朗读的那个少年,我却不认识。这位老师呢?虽然看上去和我们班的班主任山口老师很像,但是却又感觉像是另一个人。班里的同学们呢?也都和我所熟悉的岩滑学校的同学们很像,但又有些陌生。休息了五天,我连自己的学校都忘记了?居然跑到别的学校来了?这下可闹了天大的笑话,太荒唐了!

然而,转瞬间他又回过神来,发现自己还是在原来的学校里,笑着松了一口气。

课间休息的时候,坐在南边窗边的白皙少年好像还没交到朋友,正一个人在那里削铅笔。久助问森医院家的德一:"那个人是谁啊?"

"那个人啊,"德一回答:"他叫太郎左卫门。听说他是从横滨转学过来的。"

"太郎左卫门？"久助笑着说："他看上去好像比我们大。"

德一说："前天他妈妈带他来学校时拜托老师说：'叫太郎左卫门有点显得老气，太郎会很可怜，在家里大家都叫他太郎，所以希望同学们也能这样称呼他。'"

久助听了之后，心里暗想：原来大人都想得这么周到啊。

就这样，太郎左卫门走进了久助的世界。

二

因为岩滑学校是一所乡下学校，所以不管怎么说，浑身散发着都市气息的少年都会格外吸引大家的目光。久助从一开始就不由自主地被太郎左卫门吸引住了，但是因为一直没有合适的机会，所以没法接近。其实无论是德一、加市还是音次郎，这些成绩比较好的孩子都有着和久助一样的心情。因为彼此都太了解了，所以谁也没有先付诸行动。久助发现，不知道从什么时候开始，自己在上课的时候，总会不知不觉地关注着太郎左卫门的一举一动。

太郎左卫门坐在久助前排靠南面窗户的座位，从久助坐的位置看过去，刚好可以看到他大大的右眼和一头闪耀着美丽光泽的头发，以及被头发包围的形状好看的头旋儿。上课时，太郎左卫门会用他那双大眼睛长时间认真地看着教科书，然后再慢慢将视线转向老师，专心地听他讲课。有时候可能因为听课听得有点厌倦了，他会轻轻地舒一口气，稍微放松一下，变换一下坐姿，不过马上又会打起精神，热切地望向讲课的老师。这一切都让久助觉得，太郎左卫门和他们这些在路边的尘土和野草中长大的孩子是不一样的，因此他既喜欢太郎左卫门，又莫名其妙有一种悲伤的感觉。

有一次，久助像平常一样坐在自己的座位上望着太郎左卫门："还真是一位美少年啊！这个美少年，他到底叫什么名字呢？"久助心里这样想着，随后竟然马上脱口而出，"他不是叫太郎左卫门嘛！"

久助突然想起了以前在某本杂志上读过江川太郎左卫门这位伟大人物的传记。"虽然记不太清楚了，不过还记得这人是江户时代的炮术家，曾经在伊豆的韮山上建造了一种叫反射炉的东西，并且在那里铸造了当时罕见的大炮。"紧接着，久助的脑海里浮现出了砖块堆砌而成的反射炉的图像，以及长着一双令人吃惊的大眼睛、梳着发髻的江川太郎左卫门的肖像。

"这位太郎左卫门和江户时代的炮术家太郎左卫门同名。如果是同样的名字，那么这两个人会不会是同一个人呢？这是不可能的。第一，在江户时代就已经是大人的太郎左卫门，不可能到了现在却变成一个孩子。若是那样，事情发展的顺序就颠倒了。"久助放弃了自己这个愚蠢的想法。尽管如此，久助还是觉得炮术家的太郎左卫门和教室里的太郎左卫门也有可能是同一个人。"江户时代的大人渐渐变得年轻，到现在就变成少年。芸芸众生，也许有那么一两个人会有这样特别的生长方式呢！眼前的太郎左卫门和江户时代的太郎左卫门都有着一双灵动的大眼睛哦！"久助知道，如果把这些话说给别人听，肯定会被人当作笑话，所以只能自己沉浸在这种空想中。

这一天，在放学回家的路上，久助跟在太郎左卫门身后，大概隔着三米的距离默默地走着。当然，久助一边跟着他走，一边在心里辩解："我并非刻意想跟在太郎左卫门身后，只是碰巧我们回家的方向和走路的速度一样，所以才变成这个样子的而已。"

在经过一片空地时，太郎左卫门突然转回头来问久助："喂，你知道那个是什么花吗？"他的声音略带沙哑，不过听起来还算流畅。

久助顺着他手指的方向看去，那里和以前自己家房门前的小花圃很像，角落里稀稀疏疏地长着两三株暗红色的花。久助不知道那花的名字，于是没有说话。

"是鼠尾草哦！"美少年太郎左卫门说着继续迈步朝前走。

既然对方已经向自己开口说话了，那自己和对方说说话也没什么关系吧，久助这样想着，心怦怦跳着，开口问道："你是从横滨来的噢？"

太郎左卫门是从横滨来的这件事，久助已经从德一那里知道了，所以现在根本没有问的必要，但是他不知道该说点什么好，就只好这样随便问了一句。话一出口，久助就羞得连冷汗都冒了出来。因为"来的噢？"这样的说法完全不是岩滑学校这边的说话方式。如果用岩滑学校的说法来问的话，应该是"来的啊"或是"来哒"之类的。"可是，在我看来，对这位文雅的美少年用那些大家平时用惯了的语言说话，实在是有些俗气。"虽然是这么想的，但是久助根本不懂岩滑学校以外地方的说话方式，于是便说出了"来的噢？"这种算不上方言的模棱两可的话。如果这样的话被那些平时关系很好的小伙伴德一、加市和兵太郎听到，久助大概会被他们一边拍着后背，一边大加嘲笑一番的吧。"幸好这句话只有太郎左卫门听到了。他对岩滑还不是很熟悉，会以为岩滑这边就是有这种说法的吧？看他好像也没有太在意。"

"是啊。"太郎左卫门回答道，然后又回头看了看那些暗红色的花，说道，"我哥哥非常喜欢鼠尾草。他是个画家哦。"

久助只知道画家就是画画的人，但是他并没有见过真正的画家，听太郎左卫门这么一说，不知道该如何回答才好。

"去年秋天，我哥哥吃安眠药自杀了。"

虽然久助也知道自杀就是残忍地结束自己的宝贵生命，但他以前从来没有听任何一个小伙伴用过这样的词，所以更加不知所措了。

太郎左卫门在朝自己家门口转身的时候，好像突然想起了什么，又转回来追上久助，说道："给你一个好东西，把手伸出来。"

久助扭扭捏捏地伸出手，太郎左卫门拿出一支小小的像钢笔一样的东西在他的手上晃了几下，只见一颗小小的圆球落在久助的手心里。太郎左卫门也给自己倒了一颗，并把它扔进自己嘴里，然后就回家去了。一开始，久助还以为那是气枪用的小弹丸，但是放在手上却感受不到小炮弹那种沉甸甸的分量，所以他觉得应该是别的东西。他学着太郎左卫门的样子，把它放进了嘴里。

他用舌尖转了转那颗小圆球，瞬间一股苦涩难咽的汁水就沾满了舌头。"这是什么东西啊，怎么这么难吃，简直就和感冒冲剂一个味道！"久助一边想着，一边把它吐了出来。可是一吐出来，嘴里的苦味立刻变成清凉的甜，嘴里顿时觉得非常清爽舒适，久助不由得咯咯咯地笑出声来。"哎呀，这是用薄荷之类的东西做出来的吧！"久助又把小圆球放回嘴里，随即，舌尖又感到了一点苦涩，不由得皱起眉来，可是他又转念一想，"也许过一阵又会变成凉凉的甜味儿呢。"于是勉强忍住了。果然不出所料，不一会儿，舌尖真的变成清凉的甜了。久助想：这个圆球的设计就是这样，一会儿是苦的，一会儿是甜的，交互反复。

不过，在舌尖第三次尝到苦味的时候，久助有点厌烦了，于是把小圆球吐了出来。小圆球已经溶化了，与唾沫混合成了茶色的唾液。吐出来之后，他张开嘴猛吸了一口气，这感觉真是十分清爽啊！仿佛把凉爽秋日的清晨完完整整吸入自己的口中一般。久助为了再次品味这份清舒爽适的味道，一路上把嘴张得大大的，一边大口吸着气，一边回到了自己家。

"阿久，你怎么了，怎么有一股人丹的味道啊？"久助的妈妈问道。久助这才解开了小圆球之谜，然后就觉得没意思了。久助早就知道人丹这种东西，不过吃人丹，还是头一次。

"为什么太郎左卫门会把人丹当作神秘的东西呢？"久助越想就越觉得太郎左卫门实在是一个非常奇怪的少年。

三

沿着大路往前走十几米，就能看见太郎左卫门家的大门。那扇门比光莲寺的大门略小一点，拉手之类的金属配件都有些生锈了，给人一种古香古色的感觉。大门旁边还有一扇小门，太郎左卫门平时就是从那里进进出出的，而大门则总是紧闭着。

久助和太郎左卫门一起走到他家门口，太郎左卫门说完"再见"，就迅速地钻进了那扇小门，然后把小门关得严严实实的。每当此时，久助总会想一会儿，"太郎左卫门到底在这扇门后面做些什么呢？用大人的话来说，他到底过着怎样的生活呢？"不过，他从来没想过要进门去看一看。因为这扇门后面总是异常的安静。久助不喜欢这种陈旧而寂静的地方。

终于有一次,久助跟着太郎左卫门走进了那扇小门。

院子非常狭窄,但是这里却有一些深深吸引着久助目光的东西。院子里有一个深深的正方形的水池,里面的绿水混浊而深邃。方石砌成的围栏上布满了苔藓,一点儿也看不出方石本来的颜色。可以说,这个木头量斗形状的水池,从内到外都是绿色。水里养的鲤鱼在绿色的池水里游来游去,若隐若现,有红色的,也有白色的。久助盯着鲤鱼看了一会儿,就闻到了一股腥臭味儿。他感觉水池里好像有一种拒小孩儿于千里之外的疏远感,于是立刻从水池边走开了。

久助被太郎左卫门叫到了一条盛开着紫藤花的走廊下。走廊与客厅之间用纸拉门隔开了,太郎左卫门从房间里出来后,纸拉门就一直开着,所以久助可以看到客厅里的情形。房间里有一位系着黄色腰带的身材瘦削的少女,她的脸色如白瓷一般白皙。久助想:"这一定是太郎左卫门的姐姐吧?"她从客厅后面一个很暗的房间里走出来,一手拿着一个带着金鱼缸型灯罩的煤油灯,另一只手扶着屏风,摸索着走到客厅一角的桌子边,把煤油灯放在桌子上。她虽然瞪着一双大眼睛,却要用手摸索着走路。这情景无论怎么看都让人吃惊,久助不由得倒吸了一口气,想道:"这就是睁眼瞎吧?"

少女划了一根火柴,点亮了煤油灯,在桌子边坐下。明明那里没有其他人,她却像是对着坐在桌子另一边的人一样,开口说道:"父亲说,这是他初次航海去法国马赛时,在当地港口小镇巷子深处的一家旧货店里发现的煤油灯。据说,多半是路易十六时期的东西呢。"

这情景让久助感到非常害怕,吓得一动也不敢动,他想:"这少女不仅是睁眼瞎,大概脑子也不正常吧?"

太郎左卫门笑着说:"姐姐这个笨蛋!"

他向久助解释了其中的原委,久助这才恍然大悟。原来,太郎左卫门的姐姐正在练习女子学校文艺会的表演。剧情好像是在一个暴风雨的夜晚，姐妹俩正在家里学习，突然停电了，于是姐姐就把旧煤油灯拿出来点亮，结果死去的弟弟、以前丢失的小皮球、雨夜里走失的小狗，全都回到了姐妹俩的身边。总之，就是那种让人摸不着头脑、胡编乱造的傻傻的舞台剧。

久助虽然现在知道坐在那里的白皙少女既不是睁眼瞎，也不是脑子有问题，但还是觉得有点吓人，所以总是不自觉地朝少女那边看一眼，听一听她那边的动静。

她继续对着桌子另一边看不见也不答话的"人"说道："秋少爷啊，他已经去世了。是在五年前的一个雪夜离开人世的。"对方好像在回应着什么，虽然久助听不到，但少女却带着一副听得到的表情，侧耳倾听着。过了一会儿，她又说道："那孩子啊，还不知道死是怎么回事呢。他还说，死就是像捉迷藏一样找个地方躲起来，让人一直找啊找啊就是找不到。"好像对方又说了些什么，她就像听到了什么好笑的回答一样，突然咯咯咯地笑了起来，然后可能是觉得这笑声并不满意，她又反复笑了几遍。一会儿"呵呵呵"地笑，一会儿又"哈哈哈"地笑。

久助觉得实在没法再待下去，于是，立刻跑回家去了。

在这之后的一段日子里，久助每每经过太郎左卫门家时，都一定会想起这件事来，想起那个在紫藤花盛开的晴朗白天里，点着煤油灯，练习文艺会表演的皮肤白皙、令人感到害怕的少女。

四

太郎左卫门渐渐和大家熟悉起来。最开始，大家都很尊敬太郎左卫门，虽然觉得有点喊不出口，不过还是都叫他"太郎"。后来，太郎左卫门和大家更加亲密，有时候还会被大家团团围住，像醉汉一样互相拉拉扯扯，说些玩笑话。大家也都觉得，没必要对太郎左卫门太尊敬，于是便毫不客气地叫他"太郎左卫门"了。

可是最近，大家都不再常常把他挂在嘴边了。因为大家发现，太郎左卫门实际上是一个很无聊的家伙，和他在一起一点儿也不好玩。从开始到现在，一直都很有礼貌地称呼他为"太郎"的，就只剩下班主任山口老师一人了。也就是从那时候开始，有传闻说太郎左卫门爱说谎，甚至有人说："那家伙说的话，没有一句能信的。"久助觉得这种事情不太可能，不过他也说不准。

有一天，兵太郎正对着几个小伙伴非常愤慨地说着些什么。久助走过去，想知道到底发生了什么，原来是兵太郎在说自己上了太郎左卫门的当。

午加池南边的山里，有一个深深凹陷进去的山谷，两侧的山崖好像是相对而立的两扇屏风。太郎左卫门对兵太郎说，"在这种地方可以做一件非常好玩的事，在一侧的山崖上向对面的山崖大声喊'喂——'，声音传到对面，马上就会变成回音返回自己这边，而撞到这边的山崖后，又会变成回音传到对面，撞到对面山崖后再传回来，然后再传回去。就这样来来回回，那一声'喂——'无论到什么时候都不会消失。"太郎左卫门甚至还发誓说："这是在一本科学杂志上看到的，绝对是真的。"兵太郎真的信了，于是，昨天他在午加池钓完鱼后，就去了太郎左卫门说的那个地方，打算验证一下。结果他发现太郎左卫门说的话都是"谎言"。

久助暗想："这样看来，太郎左卫门确实是在骗人。"然后不知为什么，他忽然想起了太郎左卫门那个练习文艺会表演的姐姐。即使对面没有人，那个白皙的少女也能装出有人在听的样子滔滔不绝地说个不停。

据说有一次，天上一阵雷雨交加之后，太郎左卫门显得非常焦急地对新一郎说："刚才有一只云雀被雷击中，从云彩里掉下来了，快去看看吧，一定是掉在牛市附近了。"新一郎完全没想到这是谎话，便跟着去了。他踩在牛市被雨淋得湿答答的草上，各个角落仔细搜索，可是最后除牛粪外，根本没看到什么别的从天上掉下来的东西。新一郎才明白，这又是太郎左卫门的一个谎言。

五

这天,太郎左卫门带着一个陶壶盖儿大小的圆圆的东西来了学校,对大家说:"这个东西可好玩了。"

虽然大家都觉得太郎左卫门爱说谎,但也不会时刻提防着,特别是在他带着稀罕物来的时候,大家出于好奇,都放松了警惕。

这次太郎左卫门又带来了一个稀罕物,他说这圆圆的东西是用动物牙齿做成的,是中国人带到横滨来卖的。把这个东西放在耳朵边,如果位置恰好合适,就能听到里面的音乐声。

于是,从森医院家的德一开始,大家轮流把那个东西放在耳边听。大家都带着十分慎重的表情,像医生把听诊器放到耳边一样仔细听着。太郎左卫门问道:"怎么样?听到了没有?是不是听到了像曼陀铃一样的声音?据说那是中国琴的声音哦。"被他这么一问,有人"嗯!嗯!"地含糊回答着,也有人面带微笑说:"嗯!真的有很小的声音呢。"也有人说:"什么也听不见啊。"然后把它摇晃几下,再放到耳边去听。

"肯定是太郎左卫门又在说谎了!"当面说这话的是兵太郎,然而这一次,大家反倒不相信兵太郎了。因为大约在十天前,兵太郎有一只耳朵得了耳漏,一直有难闻的绿色脓液一点点流出来,所以大家都不愿把这个能听到音乐的东西给他,他因此感到很不甘心,才说了那番话。

轮到久助了,他接过来瞧了瞧,这稀罕物是黄色的,光滑又美丽,形状有点像陶壶盖儿,有一面是凹下去的。在凹下去的那面的中心,有一个小小的像肚脐那样突起来的东西。按照大家的说法,听音乐时,要巧妙地把那个肚脐样的东西塞到耳朵里面才行。

一开始,久助先是听到了马达轰鸣般的"呜呜——"声。久助全神贯注地听着,想从这"呜呜——"声中分辨出是否夹杂着曼陀铃的声音。果然,渐渐地,他感觉自己听到了微弱的"乒乒乓乓"的声音。

"听到了!听到了!"久助说着,把那个东西递给了下一个人。

这之后不久,春游的前一天,久助为了找吸铁石,把家里橱柜的抽屉打开了,在一堆乱七八糟的东西里翻腾着。忽然，他发现里面有一个圆圆的东西，和太郎左卫门带去学校的那个稀罕物一模一样。

"我们家也有这个啊？"他惊讶地说道。

他赶紧去问爸爸，这才知道，这东西是老式的烟袋锅，把还燃着火星的烟蒂放在上面，可以用来点燃下一根烟。

"可是，这里怎么会有一个像肚脐一样的东西呢？这是干什么用的啊？"久助问道，他为自己之前的愚蠢而感到有些恼火。

爸爸解释说："这肚脐一样的东西上有一个小小的洞，只是用来穿绳子用的。"

久助再也无话可说了，自己肯定已经像这样被太郎左卫门巧妙地骗了好多次了，可是，他还是在想："太郎左卫门为什么要说那些谎话呢？真是一个不可理喻的家伙啊！"

第二天，当爱骗人的太郎左卫门倚在教室窗边发呆时，久助躲在另一边的阴影里，悄悄地仔细地观察着太郎左卫门的脸，然后，他发现了更奇怪的事情。

原来太郎左卫门的左右眼大小不一样，他右眼大左眼小。让人更感到奇怪的是，较大的那只眼睛美丽又温和，看上去是那么天真无邪，而略小的那只眼睛却闪烁着阴险、乖僻、狡猾的光。

"真是一个奇怪的家伙啊！"久助认真地端详着太郎左卫门，又发现他左右两只耳朵的大小和形状也不同，连左右两边鼻孔也不一样。总之，看上去有点扭曲的感觉。

久助认真思考了这件事，他想："太郎左卫门不是一个人吧？或许是有两个人被分成左右各一半，然后将一个人的左半边和另一个人的右半边重新组合起来的吧。"

他想起来以前曾见过别人用黏土做人偶，首先，用两个模型分别做出一半人偶；然后，再把那两个半边巧妙地组合到一起，就做成了一个完整的人偶。天神创造人类时，也是用了同样的方法吧？天神造太郎左卫门时大概是出了差错，结果把大小不同、根本不搭配的两个半边给组合起来了，所以，太郎左卫门的身体里住着两个人吧。

久助又想："如果是这样，那么太郎左卫门会满不在乎地说谎啦或者总是想出一些莫名其妙的事情啦，就都没什么奇怪的了。"

六

终于有一天，太郎左卫门的谎言让大家都吃了苦头。那是发生在五月末的一个十分晴朗的星期日下午的事，当时的情况非常糟糕。

那天德一、加市、兵太郎、久助四人正无聊，不知做点什么好。

麦田已经开始呈现出金黄色，远处传来的阵阵蛙鸣在村子里回荡。街道如同白纸一般反射着明晃晃的阳光，路上几乎看不到行人。这样一个普通的日子让大家感到很厌倦，都在琢磨着，这时为什么不能发生一些小说中描述的那些事呢？久助他们想找点冒险的事做，或者做出点什么英雄般的壮举，让人们能够感到强烈的震撼，能够为之感动。

他们正在胡思乱想着，太郎左卫门突然出现在街角处。他径直向大家走过来，目光熠熠生辉。他说："你们听说了吗？最近在新舞子那边能看到大鲸鱼，有十几米长呢。"

大家正期盼着发生一些不同寻常的事，所以哪怕说这话的人是太郎左卫门，大家还是马上就相信了，而且这事也不见得就是谎言。因为只要是夏天去新舞子海滨洗过海水浴的人都知道，就算在那儿的海边看不到鲸鱼，也常常能看到一些稀奇的事。

他们决定立刻过去看看。去新舞子路途非常遥远，这地方位于知多半岛另一侧的海岸，要翻越一座山才能到达，离这里约十二公里，但是，一想到有新鲜事，他们的身体里就充满了力量，都已经跃跃欲试了，甚至觉得路越远才越好玩。太郎左卫门也加入队伍，一行人立刻出发了，甚至没有一个人想过要先和家里打招呼。总之，每个人都感觉自己身轻如燕，仿佛自己能像燕子一样很快飞过去，再很快飞回来。

就这样，他们蹦蹦跳跳，打打闹闹，飞奔着往前跑去，时而又会说一些比较有头脑的话："跑慢点，否则回来会很累哦！"他们相互控制着彼此的速度，尽量保持平时走路的速度前进。

碧绿的原野上点缀着白色的野蔷薇花。经过花丛时，还能听到蜜蜂飞舞时发出的嗡嗡声。松树抽出的洁白嫩芽簇拥在一起，努力生长着，散发着醉人的芬芳。

走过半田池，又爬过长长的山坡之后，大家都变得沉默了。这时，如果有谁说一句话，都会让人觉得太唠叨，令人厌烦。不知不觉，大家身体里都充满了疲劳感。渐渐地，疲劳感让大家的头脑都变得迟钝了。当发觉周围的光线渐渐暗了下来时，大家才发觉太阳已经偏西了，但是谁也没说要往回走。就像接到了"只准向前不得后撤"的命令一般，大家机械地往前走。

他们走过大野镇，到达目的地新舞子海岸时已经是傍晚了，太阳开始向西边的海平线沉去。大家都累坏了，走路的样子变得很难看。他们吃力地走到海边，然后呆呆望着海面。

哪里有什么鲸鱼！这又是太郎左卫门的谎言吧，然而在这种时候，到底是不是谎言已经不重要了，而且就算现在真的有一头鲸鱼在海里，估计他们也没心思和力气看了吧。

大家都太累了，此刻所有人晕晕乎乎转不动的脑袋里，只有这样一件事："这下子可玩过头了。待会儿可怎么回去啊？"

大家都已经疲惫不堪，一步也走不动了，这时才发现自己的行为是多么鲁莽、多么缺乏辨别能力啊！这才痛切地发现原来自己只不过是缺乏判断能力的小孩！

突然，有人"哇"的一声哭了起来，原来是森医院家的德一。平时最淘气又很擅长打架的德一居然最先哭了。这下可好，紧接着，兵太郎像是学德一一样，也用同样的调调"哇"的一声哭了。久助听着他们这么一哭，自己也忍不住想哭，于是开始发出"呜呜"的奇怪哭声。紧接着，加市"哼"地吸了一下鼻子，然后"呜呜"地号啕大哭起来。

大家哭的方式不太一样，但都对自己的哭声居然如此响亮而感到很惊讶，同时，又深切感受到了自己做了一件难以挽回的傻事。

就这样，四个人哭了好一阵，而太郎左卫门则用捡来的贝壳，在脚边的沙滩上画着线，一点儿要哭的意思都没有。

在没哭的人旁边大哭是一件挺让人尴尬的事。久助一边哭，一边时不时看看太郎左卫门，心想："太郎左卫门这家伙要是不在这就好了。这家伙真是太奇怪、太莫名其妙了！"

太阳完全沉下去了，整个世界都变成了蓝色。先是久助再也哭不出眼泪而止住了哭声。接着，和刚开始哭起来的顺序正相反，加市、兵太郎、德一也都像停止鸣叫的蝉一样，陆陆续续地停止了哭泣。

这时，太郎左卫门开口说道："我有亲戚住在大野镇，我们到那儿去吧，然后让他们用电车送我们回去。"

在这种时候，即便是再小的希望也会让人觉得有了依靠，大家立刻站起身来，但是转念一想，给予他们希望的不是别人，偏偏是骗了他们的太郎左卫门，大家不由得又泄了气。如果是别人说这番话，那他们肯定马上会变得充满活力了吧。

不久，他们就到了大野镇，他们都觉得非常不安，问道："太郎左卫门，你说的是真的吗？"

他们这样问了好多次，每次太郎左卫门都回答："是真的啊。"可无论这样回答多少次，大家还是无法相信太郎左卫门。

久助也已不再相信太郎左卫门的话了。"这家伙实在太不可理喻了，思考事物的方式和大家完全不同，他和我们不是一类人。"他一边这样想，一边狠狠盯着太郎左卫门的侧脸。他越看越觉得太郎左卫门的脸看起来简直和狐狸一模一样。

走到大野镇正中央时，太郎左卫门一边自言自语着："嗯，应该是这附近了吧。"一边望望远处的狭窄小路，随后拐进眼前的小巷。看到这情形，其他四个人更觉得他不可信了。大家都近乎绝望地想着："这肯定又是太郎左卫门的谎言吧。"

但是很快，太郎左卫门从小巷里走出来，对大家招手喊道："找到了，快过来！快过来啊！"

虽然天色阴暗，无法看得很清楚，但还是能看到大家的脸上顿时涌现出了活力。大家都忘记了疲劳，拖着累得像灌了铅似的双腿，赶紧朝太郎左卫门那边奔去。

久助跟在最后面，一边跑心里还一边犯着嘀咕："你们跑那么快干吗？等一会儿啊。"

期望越高,失望越大,如果高兴得太早,万一是假的可就糟了。不管怎么说,那可是太郎左卫门,一定不能把他的话完全当真。"

越这么想,久助就越觉得这回肯定也是太郎左卫门的谎言。

直至走到一个摆满钟表的明亮的小店门前,久助还一直怀疑太郎左卫门。不过,这里确实是太郎左卫门的亲戚家。他的婶婶听太郎左卫门说了事情的经过,一边惊讶地挨个儿盯着大家看,一边一个劲儿地说:"哎呀,你们这些孩子啊,真是的……哎呀,说你们什么才好呢?"

此时,久助才觉得,这次真的得救了,然后就像泄了气的皮球一般,双腿一软,扑通一声瘫坐在了门槛上。

后来,他们五个人在太郎左卫门那个开钟表店的叔叔的带领下,乘电车回到了岩滑。

在电车上,他们依偎在一起,谁也没说话。大家都已经身心疲惫,脑海里一片空白,除身体的疲惫和此刻的安详外,他们什么都感受不到了,既不愿想,也不想说。

回到家,躺在床上时,久助才想道:"这次爱说谎的太郎左卫门终于没有再说谎。在生死关头,那家伙也会变诚实的。这么看来,太郎左卫门也并不完全是个不懂道理的人。"久助终于想通了:"人这种生物,就算有的人平时总是想些和别人不一样的事,看上去很不可理解,但是在紧要关头,大家的想法都是一样的。人的本性在根本上都是相通的,是可以相互理解的。"久助的心现在变得非常平静安稳。

伴随着残留在耳边的海浪声,他很快进入了梦乡。

爷爷的煤油灯

玩捉迷藏游戏时,藏到仓房角落里的东一无意中发现了一盏煤油灯,就把它拿了出来。

那是一盏形状罕见的煤油灯,灯台是用长约八十厘米的粗竹筒做成的,上面罩着一只精致的玻璃灯罩,灯罩上还残留着些许燃烧留下的痕迹,如果不仔细观察,还真看不出那是一盏煤油灯。

于是大家就误以为这是以前的枪了。

刚刚还蒙着眼睛扮鬼抓别人的宗八说:"这是什么啊?是枪吧?"

东一的爷爷刚开始也没看清楚那是个什么东西,隔着老花镜片仔细看了好半天,才看出来是一盏煤油灯。

接着就开始教训起这群孩子来:"瞧瞧,你们都把什么给倒腾出来了。你们这帮孩子呀,就不能好好玩吗?一不留神就非得翻腾点什么东西出来不可,真是一点儿也不让人省心啊,简直就跟喜欢偷吃的馋猫一样。行啦行啦,把那东西给我,你们都到外面玩去吧,外面不是有电线杆什么的吗,你们到那边玩去吧!"

　　挨了爷爷一顿骂,孩子们这才知道自己干了一件坏事儿。翻出煤油灯的东一自不用说,就连其他几个什么都没拿的邻居家的孩子也都像做错了事一样,一个个垂头丧气,赶紧溜到外面去了。

　　外面,一阵阵春风吹过,将路上的尘土卷起,时而有慢吞吞的牛车经过,时而又有白蝴蝶匆匆飞过。路上的确矗立着一根根电线杆子,可孩子们才不想围着电线杆玩呢!在孩子们看来,大人叫他们玩什么就玩什么,是会让人瞧不起的。

　　于是,孩子们向广场的方向飞奔而去,甩得衣服口袋里的玻璃弹珠哗啦啦响个不停。随后就开心地玩起了自己的游戏,把刚才煤油灯的事忘到了九霄云外。

　　傍晚时分,东一回到家里,发现那盏煤油灯被放在了里屋的角落里,但他没敢问,怕一说起煤油灯的事,还会再挨爷爷一顿骂。

　　晚饭后的时间是最无聊的,东一一会儿靠在衣柜上,扒拉着抽屉的拉环弄出咔嗒咔嗒的声音;一会儿又跑到前面店里,呆呆地看着一位留着小胡子的农艺学校老师向老板定购一本叫《萝卜栽培技术之理论和实践》的书——书名很难记的。

　　对这些都没了兴趣后,他又跑回里屋,趁爷爷不在,凑到煤油灯跟前,把灯罩摘下来,转动那个硬币大小的旋钮,让灯芯一会儿出来一会儿进去。

　　鼓捣的时间一长,到底还是被爷爷发现了。不过,这回爷爷并没有训斥他,而是吩咐下人倒好茶,一下从嘴里抽出烟袋嘴,说道:"小东啊,爷爷对这盏煤油灯太有感情了。那么长时间没碰过,我都把它给忘了。今天你把它从仓房里翻出来,让爷爷又想起了过去的事情。像爷爷这么一大把年纪的人,看到以前的煤油灯或者别的什么旧物件,甭提多高兴啦!"

东一愣愣地看着爷爷,白天刚被爷爷絮絮叨叨地训了一通,心想爷爷肯定还生自己气呢!没想到爷爷睹物思情,反而显得很开心。

爷爷说:"过来,你坐下,爷爷给你讲讲以前的故事。"

东一最喜欢听故事了,赶紧乖乖地坐在了爷爷面前,然后又觉得这姿势很像平时被训时的样子,坐得很不舒服,于是就换成了平常听家里人说话时的姿势。他趴在床上,两只脚翘起来,时不时还两只脚掌互相对磕几下。

下面就是爷爷给东一讲的故事:

那是距现在五十多年前的事,刚好是日俄战争时。岩滑新田村有一个十三岁的少年,叫巳之助。

巳之助自幼父母双亡,既没有兄弟姐妹也没有其他亲人,是一个无依无靠的孤儿。为了在村子里生存下去,他什么活儿都肯干。比如,帮人家跑腿,像女人一样帮别人照看孩子,帮人家捣米什么的。

但他从心里不愿意这样给别人打零工。他经常想:"就这么给别人看孩子、捣米,那作为一个男子汉,也活得太没有意义了。"

男子汉必须自立,可巳之助每天也就只能勉强糊口而已,拿什么自强自立啊!他连买一本书的钱都没有,就算有钱买书,也没时间读啊!

但是巳之助并没有放弃,心里仍暗暗期待着自立于世的好机会。

一个夏日的午后,有人来请他去帮忙拉人力车。

那时,岩滑新田村里有两三个人从事拉人力车的工作。从名古屋方向赶来去海滨洗海水浴的游客大多乘火车到半田下车,然后再坐人力车从半田到知多半岛西海岸的大野镇或新舞子,而岩滑新田刚好在这一条线路上。

人力车是要人来拉的,所以速度不可能太快,再加上岩滑新田和大野之间还隔着一道山岭，所以要多花一些时间，更何况，那时的人力车轮子还是嘎吱嘎吱作响的笨重铁轮呢！所以，着急赶路的客人就会出双倍的价钱，请两个车夫来拉车。请巳之助拉车的就是一位急于赶路的避暑游客。

巳之助把绑在车把上的绳索套在肩膀上，嗨哟嗨哟奔跑在被夏天骄阳照射得火辣辣的道路上。他以前从没干过这个活儿，所以拉得很累，但巳之助一点儿都没觉得辛苦，内心反而对这个活计充满了好奇。因为自打巳之助懂事以来，就没有走出过村子一步，山岭那边都有些什么样的城镇，住着什么样的人家，他都一无所知。

天快黑时，他拉的人力车总算到了大野镇，淡蓝色的暮色中，路上的行人看上去宛如一个个模糊的白点儿。

巳之助在大野镇里看到了很多东西，这些东西他都是生平第一次见到。鳞次栉比的商店令他大开眼界。巳之助他们村只有一家小商店。卖一些做工粗糙的点心、草鞋、纺线工具、膏药、贝壳、眼药水以及其他日用品等，反正不管买什么都只能去那家小商店。

然而最让巳之助震惊的，是一家大商店里点着的一盏盏像花朵般明媚漂亮的玻璃罩煤油灯。巳之助他们村里好多人家夜里都不点煤油灯，人们就像盲人一样在伸手不见五指的家里摸索着找水壶、找石磨、摸柱子。经济条件稍微好一点的人家，会用娶媳妇时当嫁妆带过来的灯笼照明。灯笼是四方形的，灯罩是纸糊的，里边放着一个装煤油的小碟。小碟边上伸出一根灯芯，点着后会发出樱花花蕾一样大小的火焰，把四周的纸映照成温暖的橘黄色，灯笼附近也会多少有些光亮，但是不管质量多么好的灯笼，都没有巳之助在大野镇见到的煤油灯那么明亮。

而且，那煤油灯是用当时很少见的玻璃制成的，仅这一点就不知道比容易熏黑弄破的纸灯笼强多少倍。

正是有了这些煤油灯，巳之助觉得整个大野镇亮堂堂的，宛如水晶宫一般漂亮。他甚至都不想回自己的村子了，因为没有人愿意从光明的地方再回到黑暗的地方去。

这一趟，巳之助挣到了十五个铜板的路费。告别了人力车，他就像喝醉了酒一样在镇

上徘徊观看,贪婪地欣赏着这座涛声阵阵的海边城镇,注视着那些以前从未见过的商店和里面明亮的煤油灯,他被这里深深吸引住了。

他看见制衣店里,老板在煤油灯下展开用山茶花染出来的布料给客人们看;在米店里,伙计们在煤油灯下从小豆堆里挑拣出一颗颗成色不好的豆子;他看见某户人家的女孩儿在煤油灯下撒着白色的贝壳,玩着游戏;他看见某个商店里,有人正在把细小的珍珠用线串起来,做成念珠。在巳之助看来,生活在煤油灯青幽幽的光芒里的人们,宛如生活在童话世界里一般幸福美好。

巳之助以前也听说过"文明开化已经到来"这一说法,但是今天站在这里,他才切身感受到了什么是文明开化。

走着走着,巳之助来到了一家挂着各式各样煤油灯的商店前,那是一家专门卖煤油灯的商店。

巳之助手里攥着仅有的十五个铜板犹豫再三,还是下定决心走了进去。

他用手指着一盏煤油灯说:"我要买这个。"那时候他还不知道煤油灯这个词怎么说。

店里的人把巳之助手指的那盏煤油灯取下来,但是这盏煤油灯的价钱可不止十五个铜板。

"能便宜一点吗?"巳之助问道。

"不能便宜哦。"店里的人回答。

"按批发价卖给我吧。"

巳之助经常到村里的杂货铺卖自己编的草鞋，所以知道做买卖的时候价格分为批发价和零售价，批发价要便宜很多。比如，村里的杂货铺用每双一个半铜板的批发价收购巳之助的葫芦形草鞋，然后再用每双两个半铜板的零售价卖给拉人力车的车夫。

煤油灯商店的老板没想到这个从来没有见过的小伙计会说出这样的话来，吃惊地看着巳之助的脸，说道："你想要我用批发价卖给你啊，如果你是专门卖煤油灯的，我倒可以给你批发价，但对普通顾客是不能按批发价出售的。"

"你是说，如果我是卖煤油灯的就能按批发价卖给我？"

"是啊！"

"那好啊，我就是卖煤油灯的，你按批发价给我好了。"

煤油灯商店的老板手里拿着煤油灯哈哈大笑起来："你是卖煤油灯的？哈哈哈！"

"老板，我说的是真的，我从此以后就要卖煤油灯了，所以我求求你今天先按批发价卖给我一盏，等下一次来，我一定一次批发很多很多盏，一言为定。"

老板虽然刚才被巳之助逗笑了，但是现在却被他的真诚所打动，在问了许多有关他身世的问题之后，把煤油灯递给他，说："好，那我就按批发价卖给你一盏。其实就是按批发价，十五个铜板也是不够的，但是我佩服你的认真劲儿，所以就赔钱卖给你了。你可要好好做生意，替我们多多卖煤油灯哦！"

巳之助向老板请教了一下煤油灯的用法，然后就赶回村子去了。一路上，他不再打着纸糊的灯笼，而是直接点着煤油灯为自己照亮。这样，即使走进灌木丛和松树林也一点都不觉得害怕，因为他手里提着一盏花朵般既漂亮又明亮的煤油灯。

同时，巳之助的心里也点燃着一盏灯，那是一盏充满希望的明灯。他要通过卖这盏文明的利器，让远远落后于时代的、封闭在黑暗村庄里的人们的生活明亮起来。

一开始，巳之助的新生意毫无进展，因为村民们对任何新事物都持有怀疑和抵触的态度。

巳之助想来想去，最后拿着那盏煤油灯来到村里唯一的杂货店里，请老板娘用自己的煤油给店里灯照明,并且说明这是不收费的,免费借给店里用。

好说歹说,杂货店的老板娘才勉强答应了,在店里的顶棚上钉了一根钉子,把煤油灯挂在上面,当晚就用它来照明。

过了五天左右,巳之助又去店里卖他的草鞋,杂货店的老板娘喜滋滋地告诉他,说这煤油灯真是太好了,太方便了,有了光亮,晚上也有人来买货了,看中什么就买,找钱也不会出错了。老板娘还说,村里人看到煤油灯这么好用,已经有三个人想向巳之助订购煤油灯了,巳之助听了这话,高兴得要跳起来了。

从杂货店拿到订购煤油灯的钱和卖草鞋的钱,他立即直接奔向大野镇。他把卖煤油灯的事告诉了店老板,买煤油灯的钱不足的部分就暂时赊账,然后又向店老板买了三盏煤油灯,转手卖给了订货的人。

就这样,巳之助的生意越来越好。

刚开始时,他是按照订货数量到大野镇进货的,慢慢地手里有了一些余钱,即使无人订货时,他也会把货备足。

这时,巳之助已经全力投入卖煤油灯的生意中,再也不干帮别人跑腿和照看孩子的事情了。他制作了一辆像晾衣架子一样的带栏杆的车,车上挂满了煤油灯和灯罩,在本村和附近的村落里叫卖。他推着车走起来时,会发出轻微的玻璃触碰所发出的悦耳声响。

巳之助挣了不少钱,最重要的是他非常喜欢做这种生意。每当看到以前黑暗的房间里陆续点上了从自己这里买的煤油灯时,巳之助就非常有成就感,感觉就像是把文明开化的光明之火一一点燃,照亮了一个又一个家庭。

巳之助已经是一名青年了,以前他没有自己的家,一直借住在村长家的仓房里。现在他有钱了,于是盖起了属于自己的房屋,而且还经媒人介绍娶了媳妇。

有一天,在邻村推销煤油灯时,他把从村长那里听来的话讲给人听:"在煤油灯光下,把报纸摊在榻榻米上,就能看清上面的字哦!"一位顾客反问道:"真的吗?"巳之助也讨厌说假话,所以决定自己验证一下,就从村长那里要了几张旧报纸来,在煤油灯下展开来读。

村长说的一点都没错,在灯光下,报纸上面小小的字都清晰可见。巳之助喃喃自语道:"我才不会为了做生意而说假话呢!"然而,灯光下的字迹再清楚对巳之助也毫无意义,因为他根本就不识字。

"有了煤油灯就可以看清楚东西,但是不识字还不算真正的文明开化。"巳之助说道。

于是从那以后,他每天晚上都到村长家里去请他教自己认字。

认真学习一年之后,巳之助能够阅读了,而且一点儿也不比村里小学毕业的人差。后来,他又学会了读书。

时间过得很快,巳之助已经从青年变成壮年,还有了两个孩子。他经常想,尽管算不上出人头地,但是也可以算自立于世了。每当想到这些时,他的心里就充满幸福和满足的感觉。

有一次,巳之助到大野镇采购煤油灯的灯芯,看见五六个工人正在路边挖坑,然后把一根又粗又长的杆子埋在地里。杆子上方固定着两根手臂一样粗的横木,横木上还放着几个像瓷不倒翁一样的东西。他心想,为什么要在路边放这种奇怪的东西呢?他往前又走了一段,看见同样的高高的杆子立在那里,有几只麻雀正在横木上叽叽喳喳叫个不停。

在这条路上,每隔五十米左右就立着这样一根奇怪的杆子。

巳之助百思不得其解,于是就问正在路边晾晒乌冬面的面店老板。而店老板告诉他,马上要通电了,以后就可以用电灯了,看来再也用不着点煤油灯了。

巳之助不太理解这是怎么回事,因为他完全不知道电是什么东西。听起来,电像是一种能代替煤油灯的东西,那么它肯定也是一种灯。如果是灯,那么应该点在家里啊,为什么要在路边竖起那么多根杆子

呢，那些杆子是用来做什么的呢？

一个月以后，巳之助再次去了大野镇，看见之前竖起的粗杆子上拉起几条黑线。黑线在横木上的瓷不倒翁脖子上绕了一圈，然后连到下一根杆子上，在那根杆子上的瓷不倒翁脖子上绕一圈，再连到下一根杆子上，就这样一根接一根地连在一起，不断延伸下去。

仔细看看的话，会发现每根杆子上总会有两根黑线从瓷不倒翁的脖子那里伸出来，连接到街边住户的房檐上。

"哦，我还以为电是直接点亮了给人照亮的呢，怎么看着像是一张网啊，简直就是麻雀和燕子落脚休息的好去处啊！"

巳之助一边嘲讽地想着，一边走进了一家他经常光顾的甜酒店，却看到原本吊在房子正中那张餐桌上面的大煤油灯已经摘了下来，放到墙边去了，取而代之的是一盏看上去很奇怪的灯，比煤油灯要小得多，里边也没有煤油，被一根从天棚里伸出来的结实的线吊着。

"这是怎么回事，怎么把这奇怪的东西吊在这里，原来的煤油灯哪里不好用了吗？"巳之助问道。

"啊，现在都用电灯啦！这电灯真是好啊，不用担心着火，又安全又亮堂，而且还不用划火柴，可方便啦！"甜酒店老板回答。

"是吗，不过，吊着这么一个怪怪的东西不大好吧，这样就看不出这是卖甜酒的店啦，顾客会减少的哦。"

甜酒店老板想到对方是卖煤油灯的，于是就不再说电灯如何便利了。

"喂，老板，你看天棚，煤油灯长年累月挂在那里，煤烟把那里都熏黑了，说明那个煤油灯已经在那里工作很久啦。就因为有了那个什么更方便的电灯，就把煤油灯扔到角落里去，你说它多可怜啊！"

巳之助拼命为煤油灯辩解着，就是不愿意承认电灯的好处。

然而到了夜晚，明明没有看到任何人划火柴点火，突然间，甜酒店就像白昼一般亮堂起来，巳之助被吓了一跳。因为实在太亮了，巳之助不由得回避了一下那光亮。

"巳之助,这就是电哦!"

巳之助咬紧牙关,一言不发,长时间地瞪着电灯,那样子仿佛是在怒视着敌人一般。他就这么盯了很久,把眼睛都看痛了。

"巳之助,我这么说你也别生气,不过煤油灯真是没法和电灯比,不信,你到外面道街上看看去吧!"

巳之助闷声不响地打开拉门向马路上望去。所有的人家和商店都点着和甜酒店一样明亮的电灯。灯光不仅把家里照得亮如白昼,还透过窗户、门照洒到了路上。那光线对于已经习惯了煤油灯的巳之助来说,实在太刺眼了。尽管他非常不甘心,像要窒息了一般难受,但还是长时间地注视着。

他想,这回煤油灯遇上难缠的对手啦!以前总是把文明开化挂在嘴边的巳之助,此刻却连电灯是比煤油灯更进一步文明开化的工具这个浅显的道理都想不通了。即使是再聪明的人,当自己的饭碗受威胁时,也往往难以对事物做出正确的判断。

从那天开始,巳之助就陷入深深的恐惧中,说不定哪一天,自己村子里也要通电,如果家家都用上电灯,那么村里人肯定也会像甜酒店老板那样,不是把煤油灯扔到墙角里去,就是扔到仓房的顶层去吧。那时候,也就不需要自己这个卖煤油灯的人了吧。

不过转念一想,当初自己为了让村里人用上煤油灯都费了九牛二虎之力,说不定他们对电灯也会心怀恐惧,不会那么轻易就接受它吧?巳之助想到这里,也就暂且放下心来了。

但是没过多久就传来消息,村委会马上要召开会议决定有关通电的事情了。听到这个消息,巳之助像是挨了当头一棒,强大的敌人真的找上门来了。

巳之助再也坐不住了,于是开始在村民中散布反对电灯的意见。

"电这东西啊,是要从山那边拉长长的电线过来的,到了晚上,山里的狐狸呀山猫啊什么的就会顺着电线溜到村里来,会把附近的庄稼都给糟蹋了。"

就这样,巳之助为了守住自己好不容易做熟了的煤油灯生意,说了不少类似的荒唐话,编这些瞎话的时候他自己心里都觉得愧疚。

村委会会议结束后，当巳之助听说已经决定很快就要在岩滑新田村通电时，感觉又挨了当头一棒。他想：总这么挨棒子可不是个事儿，这样下去脑袋迟早会变得不正常的。

确实如此，他的确有些头脑不正常了。从村委会开完会那天起，巳之助就大白天盖着棉被，一连躺了三天，结果越是这样脑子越发不清醒了。

巳之助特别想把怨恨归结到某个人身上，思来想去，觉得村委会主持会议的村长最可恨。于是就开始寻找各种怨恨村长的理由。即使平常头脑很聪明的人在遇到生意失败这样的紧要关头时也很容易失去正确判断的能力，会毫无根据地怨恨别人。

那是一个油菜花刚刚绽放花蕾的温暖月夜，村子里传来了准备春祭的微弱鼓声。

巳之助没有走大路。他像黄鼠狼似的弯着腰通过排水沟，像丧家犬一样穿越灌木丛。在怕被别人发现的时候，人就会做出动物一般鬼鬼祟祟的行为。

因为曾经在村长家借住过很长一段时间，所以他对村长家了如指掌。他刚从自己家出来的时候就考虑过了，最适合放火的地方就是那间有草屋顶的牛棚。

正房里的人都睡熟了，牛棚里也非常安静。虽然很安静，但也不知道牛是睡着了还是醒着的。不过牛这种动物不管是睡着了还是醒着，都是非常安静的。就算你在它们眼皮底下放火，它们也不会有什么反应。

巳之助没带着火柴来，他带来的是还没有火柴时用的打火石。出家门时，他在灶台上摸火柴，摸了半天没摸到，就把顺手摸到的打火石拿出来了。

巳之助开始用打火石点火。火花飞溅，但是可能是火绒潮了的缘故吧，怎么都点不着火。巳之助想，这打火石太不好用了，怎么都打不着火，还发出噼噼啪啪的声音，再这么敲打下去要把睡着的人给吵醒了。

"切——"巳之助气得咂了下舌头，自言自语道："要是把火柴带来就好了，打火石太过时了，关键时刻根本不顶用啊！"

话刚一出口，巳之助突然愣住了，自己的话让他恍然大悟。

"太过时了，关键时刻不顶用……关键时刻不顶用……"

月亮从云中钻了出来，把天空照得非常明亮，巳之助脑海里的阴霾也被自己说的这句话驱散了，心里一下子敞亮起来。

此时，巳之助已经豁然开朗，他知道自己大错特错了——对于现在的世界来说，煤油灯已经是过时的道具了，将其取而代之的电灯已经成为更新更方便的道具，文明开化的标准就是要不断向前发展。巳之助，你要还算是这个国家的国民，就应该为这样的进步而感到高兴才对啊！因为害怕自己无法再做原来的生意，就干起阻碍社会发展进步的事情，就要怨恨没有任何过错的人，还要放火。作为一个男子汉，怎么能干出这么丢脸的事呢？如果社会进步要使人失去原有的生意，男子汉就应该彻底抛开原来的生意，找到有利于大家的新生意，重整旗鼓，开辟新的生财之道！

巳之助立即返回了自己家。

然后他又做了些什么呢？

他把睡梦中的妻子唤醒，让她把家里所有的煤油灯里都倒满煤油。

妻子问他大半夜的想要干什么，巳之助沉默不语，他知道如果说了自己要干什么，妻子肯定会阻止他的。

家里一共有五十盏大大小小各式各样的煤油灯，全都被注满了煤油。巳之助像平时出去卖货时一样，把这些煤油灯都挂在了车上，然后就推着车出了门。这次他没有忘记带火柴。

一路来到西边山坡处，那里有一个叫作半田池的大水池。因为正值春天，大水池里积满了水，在月光的照射下宛如银盘一般闪着白光。岸边的赤杨和垂柳亭亭玉立，像在探身张望着池水一般。

巳之助特意选了这个没什么人来的地方。

那么，他到底要干什么呢？

巳之助开始点亮煤油灯。每点亮一盏，他就把它挂在岸边的树上。大大小小，各种灯混杂在一起，很快就挂满了一棵树。一棵树挂不完，他就往旁边的树上挂，挂了三棵树才把所有的煤油灯挂完。

这是一个没有风的夜晚，一盏盏煤油灯连眼都不眨，无声燃烧着。灯光将四下照耀得如同白昼般明亮，大水池里的鱼儿们追逐着光亮而来，在水中划出一道道小刀似的幽光。

"就用这样的方式和我的煤油灯生意告别吧！"巳之助自言自语道。但是他并没有转身离去，而是垂着双手长时间地凝视着挂满煤油灯的树。

煤油灯，煤油灯，令人怀念的煤油灯，陪伴我多年的煤油灯。

"就用这样的方式和我的煤油灯生意告别吧！"

巳之助随后来到大水池另一侧的路上。此刻，对岸五十盏煤油灯仍然一个不落地燃烧着。而且水中也倒映出五十盏点燃的煤油灯，闪闪发光。巳之助站在那里，又凝望良久。

煤油灯，煤油灯，令人怀念的煤油灯。

巳之助弯腰从脚下捡起一块石头，瞄准最大的那盏煤油灯用力扔了过去。随着啪的一声脆响，最大的那盏煤油灯熄灭了。

"你们的时代过去了，时代又进步了！"

巳之助说罢又捡起一块石头扔过去，第二大的那盏煤油灯也黯然熄灭了。

"社会进步了，现在是电灯的时代啦！"

第三盏煤油灯被打碎的时候，巳之助热泪盈眶，颤抖的手已经无法再瞄准煤油灯了。

就这样，巳之助再也不做煤油灯生意了。他又开始了新的事业——在镇里开了一家书店。

"巳之助现在还在开书店，不过他已经上了岁数，所以店里的事情都是儿子在张罗。"

东一的爷爷说到这儿，端起已经冷掉的茶水啜了一口。巳之助就是东一的爷爷，东一目不转睛地注视着爷爷的脸。不知不觉间，东一已经不再趴在床上了，而是端正地坐到爷爷面前，还几次把手放在爷爷的膝盖上。

"那，剩下的四十七盏煤油灯去哪了？"东一问爷爷。

"不知道，可能天亮后有人看到，就拿走了吧！"

"那家里一盏煤油灯都没有了吗？"

"就剩下这最后一盏啦！"爷爷看了一眼白天东一翻出来的那盏煤油灯。

"那可亏大了，四十七盏灯都被别人拿走了呢！"东一说。

"损失的确不小，现在想想，好像也没必要非得那么做，因为就算岩滑新田通电了，五十盏煤油灯还是能卖出去的。岩滑新田南边有个叫深谷的小村子，到现在还在用煤油灯呢，还有别的村子通电也很晚，不过那时候爷爷年轻气盛，也没想那么多，就噼里啪啦把那些煤油灯给砸了，扔了。"

"爷爷，您可真傻啊！"作为爷爷的孙子，东一毫不客气地说道。

"嗯，是有点儿傻，不过，小东啊……"爷爷把膝盖上的烟袋杆抓在手里，说道："虽然当时的做法是有点傻，可是爷爷一直觉得爷爷这样告别煤油灯生意的方式还是相当帅气的。爷爷想说的是，国家在进步，爷爷原来的生意对国家没有什么意义的时候，就要彻底放弃它。绝对不要总是固守着旧的东西，总是怀念生意兴隆的过去，憎恨使社会进步的新事物，那是没志气的做法。"

东一沉默了，久久仰望着爷爷那张瘦小的、却显得意气风发的面孔。良久东一才说："爷爷真了不起！"

他转头看着身边的旧煤油灯，就像看着自己最要好的朋友一般。

红蜡烛

一只猴子从山上跑到村子里去玩儿,捡到了一支红蜡烛。猴子从来没见过红蜡烛,它认为这肯定是烟花。如获至宝,小心翼翼地把红蜡烛带回了山上。

这事在山上引起了轰动。因为无论是小鹿、野猪、兔子、乌龟、黄鼠狼、小狐狸,还是别的动物,大家都从未见过烟花。听说猴子捡了一个烟花,就都立即跑过来围观。

"哇,太棒啦!"

"看起来真漂亮啊!"

小鹿、野猪、兔子、乌龟、黄鼠狼,还有小狐狸等都来了,你推我,我挤你,都拥上来围观红蜡烛。

猴子赶紧喊道:"危险!危险!不要靠得太近,它会爆炸的!"

大家一听,吓得赶紧往后退。

于是,猴子就向大家讲述了烟花飞上天的时候会发出多么大的声音,在天空中绽放的时候会是多么的美丽。这么漂亮的稀罕物,大家都想见识见识。

猴子说:"那好吧!今天晚上,我带你们到山顶上去放烟花!"

大家一听,都喜出望外。想象着烟花在夜空中绽放开来,像一群流星般朝着四面八方飞去的情景,真是太令人向往了!

终于等到夜幕降临,大家怀着激动的心情迫不及待地来到了山顶上。猴子已经把红蜡烛绑在了一根树枝上,正等着大家呢。

然而,此时却发生了一件意想不到的麻烦事——谁也不敢去给烟花点火。大家都喜欢看烟花,却没有人乐意做点火这件事。

再这么耽误下去就看不成烟花了，于是大家采用抽签的办法来决定由谁去点火。第一个抽中的是乌龟。

乌龟只好鼓起勇气，朝着"烟花"慢慢地走过去。那么它把火给点着了吗？根本没有。当它刚刚靠近"烟花"时，脖子就不自觉地缩了回去，怎么也伸不出来了。

没办法，只好重新抽签。这次抽到了黄鼠狼。黄鼠狼的表现比乌龟稍微好了那么一点儿，至少它的脖子没有缩进去。黄鼠狼近视眼很严重，它瞪着眼睛围着烟花转来转去，就是没找到点火的地方。

最后抽签抽到了野猪。野猪可是最勇敢的野兽，这次总算把火给点着了。

大家吓得都赶紧钻进草丛里藏好了，不光堵上了耳朵，甚至连眼睛也捂上了。

可是，等啊，等啊……

并没有等来砰的一声巨响，也没有看到漫天绽放的美丽烟火，只有那支小小的红蜡烛在静静地燃烧着。

蜗牛

一只大蜗牛的背上趴着一只刚刚出生的小蜗牛。

小蜗牛非常非常小,颜色近乎透明。

"儿子啊,儿子,已经到早晨啦,快醒醒吧!"大蜗牛呼唤着。

"没有下雨吗?"

"没有。"

"没有刮风吗?"

"没有。"

"真的吗?"

"真的啊!"

"那好吧!"

小蜗牛悄悄露出了两只细细的眼睛。

"儿子,你是不是看到一个很大的东西啊?"蜗牛妈妈问。

"嗯,这个刺眼的东西是什么呀?"

"是绿色的叶子。"

"叶子？它是活的吗？"

"是活的，不过不用担心，它不会把你怎么样的。"

"啊！妈妈，叶子尖上有一个亮晶晶的圆球。"

"那个叫朝露。漂亮吧？"

"好漂亮啊！好漂亮啊！好圆啊！"

突然，朝露离开了叶尖，啪的一声掉到了地上。

"妈妈，朝露逃跑了。"

"是掉下去啦！"

"那它还会再回到叶子上吗？"

"不会回来了。朝露一掉下去就会摔碎的。"

"哼，太不好玩了。啊！有一片白叶子飞走了。"

"那不是叶子，是蝴蝶。"

蝴蝶在叶子之间穿梭飞舞着，向着天空飞去了。

当再也看不见蝴蝶之后，小蜗牛问道："那是什么呀？在叶子之间，远远可以望见的东西。"

"那是天空。"蜗牛妈妈回答。

"谁住在天空里啊？"

"那妈妈就不知道了。"

"天空的那一边都有什么啊？"

"这个我也不清楚啊！"

"哦！"

小蜗牛使劲儿伸长了细细的眼睛，久久望着远处那一片连妈妈也不了解的奇妙的天空。

蜗牛的悲伤

有一天,一只蜗牛忽然发现了一件非常不得了的事:以前我都没有注意过,我背上的壳里面好像装满了悲伤。

该怎么处理这些悲伤才好呢?

于是,蜗牛去找它的蜗牛朋友。

这只蜗牛对它的蜗牛朋友说:"我快活不下去了。"

它的朋友问它:"你怎么啦?"

"我太不幸啦!我背上的壳里面装满了悲伤。"悲伤的蜗牛说道。

然而,它的朋友说道:"不光是你,我背上的壳里也装满了悲伤。"

第一只蜗牛心想:"真没办法,只好再去找别的蜗牛倾诉一下吧!"

然而,其他的蜗牛朋友也都说:"不光是你,我背上的壳里也一样装满了悲伤。"

于是,这只蜗牛又去找别的蜗牛朋友了。

就这样,它一个接一个地拜访朋友,然而,无论是谁,大家所说的话都是一样的。

最后,这只蜗牛终于明白了:"原来不光是我,每个人都有自己的悲伤啊!我必须自己想办法化解掉悲伤才行。"

于是，这只蜗牛重新振作起来，再也不终日哀叹了。

两只青蛙

田野的正中间,一只绿青蛙和一只黄青蛙偶然相遇了。

绿青蛙说:"哎呀,你是黄色的呀!黄色看着多脏啊!"

黄青蛙说:"噢哟,你看你那一身绿!你以为自己很美吗?"

两只青蛙都用这种语气说话,当然不会有什么好结果,最后终于打起来了。

绿青蛙一下子跳到黄青蛙的背上,这只绿青蛙的弹跳力特别好。

黄青蛙则用后脚使劲地朝绿青蛙身上蹬沙子,绿青蛙忙不迭地掸落掉在眼皮上的沙子。

正在这时,一阵寒风吹了过来。

两只青蛙这才意识到,冬天就要到了,青蛙们应该钻到地下去冬眠了。

"咱们明年春天再决一胜负吧!"绿青蛙说完就钻进了地下。

"你可不要忘了你自己说的话哦!"黄青蛙说完也钻进了地下。

寒冷的冬天到了,青蛙们都钻到地下的洞穴里。北风呼啸,地面上结了一层冰。

春天又来了。

在地下睡觉的青蛙们觉得盖在身上的土渐渐变暖和了。

绿青蛙最先醒过来，它从地底下钻出来一看，其他青蛙都还没有睡醒呢！

于是，绿青蛙对着地下大喊起来："喂，快醒醒吧！春天已经来啦！"

听到喊声，黄青蛙也一边说着，"哎呀，已经到春天了啊！"一边从地下钻了出来。

绿青蛙说："你还记得去年说的决一胜负吗？"

黄青蛙说："你等一会儿，等我先把身上的土洗掉再说。"

于是，两只青蛙为了清洗身上沾的泥土，都朝水塘边蹦去。

水塘里盛满了刚刚喷涌出来的泉水，如同柠檬汽水那般清新洁净。两只青蛙都扑通扑通跳进水里，尽情游起泳来。

洗完澡，绿青蛙眨巴眨巴眼睛说："哎呀，你的黄色挺漂亮的嘛！"

黄青蛙也说："这么一看，你的绿色也相当好看呢！"

于是，两只青蛙一起说道："咱们不打架了，和好吧！"

原来，无论是人也好，还是青蛙也好，只要好好睡上一觉，心情都会变好呢！

原野之春，山之春

春天已经来到了原野上。

樱花盛开，小鸟鸣叫。

但是，春天还没有来到山里呢！山顶上仍然白雪皑皑。

山里住着小鹿一家。

小鹿出生还不到一年，还没有经历过春天，所以它不知道春天到底是什么样的。

"爸爸，春天是什么样的啊？"

"到了春天，花就会开。"

"妈妈，花是什么样的啊？"

"花啊，是一种非常美丽的东西哦！"

"是吗？"

但是因为小鹿从没有见过花，所以它还是不知道花到底是什么样的，也不知道春天是什么样的。

有一天，小鹿独自在山里转来转去，四处玩耍。

这时,"当——"突然从远处传来一个柔和悠长的声音。

"这是什么声音呢?"

紧接着又是一声:"当——!"

小鹿竖着耳朵仔细听着。很快,它被那声音所吸引,撒开腿朝山脚下跑去。

山下是一片辽阔的原野。原野上盛开着美丽的樱花,散发出一阵阵沁人心脾的清香。

一位和蔼可亲的老爷爷坐在一棵樱花树下。

看到小鹿走过来,老爷爷折了一枝樱花,别在了小鹿小小的角上。

"哈,送你一根簪子。趁天还没黑,快回山里去吧!"

小鹿高高兴兴地回到山里。

回到家,小鹿把这件事告诉了爸爸妈妈,鹿爸爸和鹿妈妈异口同声地对它说:"那个'当——'的声音,是寺里的钟声!"

"你角上插着的就是花啊!"

"当很多花一齐开放,飘来一阵阵醉人香气的时候,就是春天来了!"

没过多久,春天也来到了山里,各种各样的花都开了。

正坊和大黑

一

过去有一个到各村巡回演出的马戏团。马戏团很小，只有十来个杂技演员和一只老黑熊、两匹马。除要登台表演外，每次马戏团换地方表演时，两匹马还要披上红毛毯负责拉行李车。

有一次，马戏团来到了一个村子里。马戏团成员们分头行动，把各种花花绿绿的海报贴到了香烟店的木板墙上和澡堂子的墙上。村子里的大人和小孩们都特别高兴，欢天喜地地围着散发着浓浓墨香的海报看，像过节一样热闹。

帐篷小屋支起来已经三天了。这天下午，观众席上响起了一阵欢呼声和鼓掌声。千代跳完舞，轻轻拉着水粉色小裙子的裙摆向观众致意之后，退回了后台。接下来，该轮到老黑熊大黑出场了。驯熊的五郎上身穿着一件深紫色天鹅绒上衣，脚上穿着长筒靴子，一边啪啪甩动鞭子，一边走到了笼子旁边。

"出来吧，大黑，该你上场啦，要好好表现哦！"

五郎笑着打开了笼子的铁门。可不知为什么，大黑没有像往常那样立刻站起来。五郎弯下腰一看不由得吃了一惊，只见大黑浑身是汗，闭着眼睛，浑身颤抖得牙齿都在打战，嘴里不停地喘着粗气。

"团长，不得了啦！大黑好像闹肚子了。"

团长和其他团员都赶紧围了过来。五郎和团长两个人拿出竹叶裹着的黑色药丸，打算喂给大黑吃，可是大黑牙齿咬得紧紧的，口吐白沫，摇晃着脑袋，怎么也不肯张开嘴。不一会儿，大黑的肚皮忽然像波浪起伏般一阵阵鼓动起来，随后它四爪撑地，像一只陀螺似的，在笼子里打起转来。转了一会儿，又扑通一下倒在稻草堆上，大口大口喘着粗气，无力地眨巴着眼睛。

坐在观众席上的观众们等得不耐烦了，拍着手催促赶紧进行下一个节目，于是，团长只好让扮演小丑的佐吉出场，代替大黑表演。

这时，不知是谁叹了口气说："要是正坊在，它就肯吃药了。"

团长连忙扯着沙哑的粗嗓子命令道："对，千代，你快去把正坊接过来。"

千代赶紧跑过去牵了一匹马，也顾不上换服装，就迅速地跨上马背，沿着白色的田间小道朝邻村跑去。

二

正坊在第一天表演爬梯子的时候，不小心扭伤了脚，此时正在邻村的医院里养伤。

在正坊病房的窗户边，一棵高大的梧桐树舒展着碧绿的叶子，在房间里投下了青绿色的影子。正坊穿着白色的睡衣坐在床上，一边把梧桐树那粗粗的树干想象成大象腿，一边望着窗外发呆。正在这时，大门那边传来了马蹄声。过了不久，就听到有人穿过走廊，朝这边走来。当看到打开门进来的是千代时，正坊高兴得跳了起来。

"姐姐，我已经全好了。刚才我还在床上翻跟头了呢！"

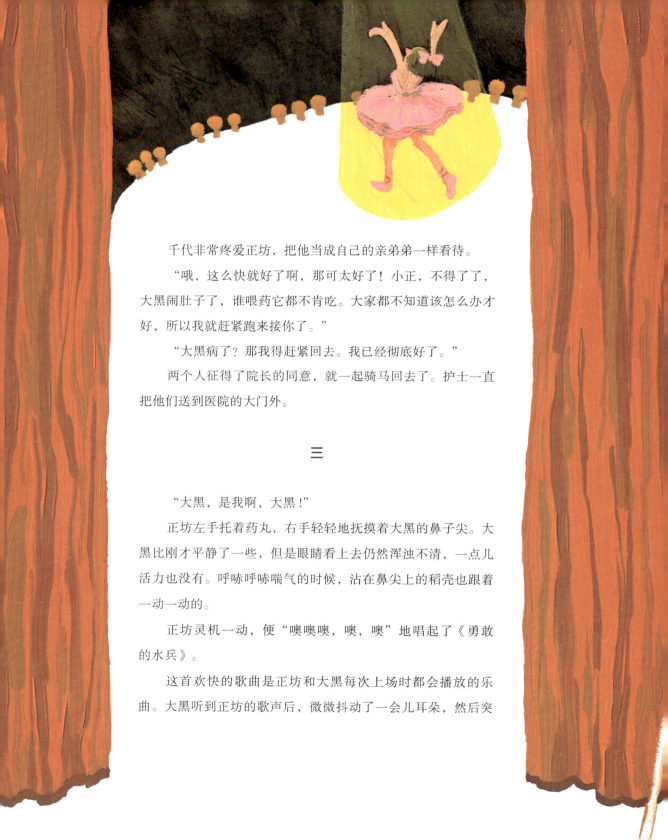

千代非常疼爱正坊,把他当成自己的亲弟弟一样看待。

"哦,这么快就好了啊,那可太好了!小正,不得了了,大黑闹肚子了,谁喂药它都不肯吃。大家都不知道该怎么办才好,所以我就赶紧跑来接你了。"

"大黑病了?那我得赶紧回去。我已经彻底好了。"

两个人征得了院长的同意,就一起骑马回去了。护士一直把他们送到医院的大门外。

三

"大黑,是我啊,大黑!"

正坊左手托着药丸,右手轻轻地抚摸着大黑的鼻子尖。大黑比刚才平静了一些,但是眼睛看上去仍然浑浊不清,一点儿活力也没有。呼哧呼哧喘气的时候,沾在鼻尖上的稻壳也跟着一动一动的。

正坊灵机一动,便"噢噢噢,噢,噢"地唱起了《勇敢的水兵》。

这首欢快的歌曲是正坊和大黑每次上场时都会播放的乐曲。大黑听到正坊的歌声后,微微抖动了一会儿耳朵,然后突

然腾地一下子站了起来。正坊迅速把手里的药丸塞进它嘴里,大黑张开嘴就把药丸吞了下去。

经历了这件事后,正坊和大黑的关系更亲密了,成了一对形影不离的好朋友,而且,他们也成了马戏团里最受观众欢迎的演员。

还有一次,在一个村子里演出的时候,一直跟正坊和大黑一起登台表演喜剧的小丑演员佐吉从剧团里逃走了,只好由大胖子团长来代替他的角色。

"大黑,轮到咱们出场啦!"

正坊把大黑从笼子里放出来,然后像往常那样,一边抚摸着大黑的鼻子,一边把大黑最喜欢吃的饼干塞进它的嘴巴里。

阿留爷爷在舞台上用喇叭吹奏起了《勇敢的水兵》。

嘀嗒嘀。嗒嗒嗒。
嘀嗒。嘀嗒。嘀嗒。
嘀嗒嘀。嗒嗒嗒。
嘀嗒。嘀嗒嘀。
嘀嗒。嘀嗒。嘀嗒嘀。
嘀嗒。嘀嗒。嘀。

乐曲声中,正坊戴着插着白色羽毛的帽子,腰上挂着金光闪闪的玩具宝剑,扮成将军的模样,骑在大黑背上。大黑配合着喇叭声,精神饱满地走上了舞台。

"现在上场的是,不着调大将军和他的宝马大黑!"

阿留爷爷介绍完,正坊就从大黑的背上骨碌一下滚下来,亮了一个相。观众们哄堂大笑,都拍起了巴掌。

"本将军现在要出发去剿灭盗贼啦!"

大黑"啊"的一声张开了血盆大口。大将军正坊骑在大黑的背上,从口袋里抓出饼干,塞进了大黑的嘴里。大黑则啊呜一口把正坊的整只手连同饼干一起都吞进了嘴里。正坊故意像是受了惊吓似的眨巴着眼睛,再一次从大黑的背上滚了下来,把观众们逗得哈哈大笑。

　　不一会儿,装扮成盗贼的团长手持贴着锡纸的明晃晃的大刀出场了。不着调大将军正坊见了,吓得瑟瑟发抖,咣当一声就把手里的宝剑扔到了地上,然后搂住大黑的脖子。看热闹的小孩子们又是一阵哄堂大笑。

"哪里走!"

团长脸上贴满了假胡须,故意绷着一张脸,瞪着凶狠的三角眼,摆出了架势。大黑紧张地看着团长那张可怕的面孔。平时,团长也总是板着这张面孔狠狠地骂正坊,于是,大黑以为团长又像平时那样真的生气了,要用竹刀打正坊。

"站住!"

团长又一次挥起了大刀,只见大黑呜地吼了一声,一口叼起正坊,眨眼的工夫就穿过观众席,跑到帐篷外面去了。这下可把观众、团长和阿留爷爷惊呆了,正坊也被吓坏了。

大黑把正坊放到了外面的草坪上,正坊赶紧温柔地抚摸着大黑的头和后背来安慰它,让它安静下来,好不容易才又把它带回舞台上。正坊先是向观众们道歉,然后,又向一身盗贼打扮的团长赔不是。没想到,观众非常喜欢这个表演,反而更加高兴地喝起彩来,躲在舞台后面的团长不由得苦笑了一下。

四

小小的马戏团不停在各个村子之间游走表演，然而收入却非常微薄，只能勉强让大家填饱肚子而已。

没过多久，一匹马病死了。

团长叹息着说："真是太可惜了！"

阿留爷爷、千代、正坊、五郎他们也都围在马的尸体旁伤心叹息。

就这样，马戏团又勉强支撑了一个月。一天早晨，正坊睁眼一看，只剩下团长、千代和正坊三个人了，其他的杂技演员都逃离了帐篷小屋。这样一来，再也没办法进行巡回演出了。无奈之下，团长只好决定解散马戏团。

大黑被关在笼子里，用车拉着，卖到城里的动物园去了。

剩下的那匹马、帐篷和桌椅之类的也被卖掉了，团长把钱都给了正坊和千代。

"团长，你什么都没有了，以后怎么办啊？"正坊问道。

团长凄凉地笑了笑，说道："我是两手空空地从家里出来的，现在就再两手空空回家去吧！"

团长拜托了镇上的警察，把正坊和千代安排到一家纺织厂里工作。

五

自从被送到城里的动物园后，大黑终日无精打采，两眼空洞地仰望着蓝天。那样子仿佛是在想：正坊和千代怎么样了啊？真想再见到他们，真想再听到那首欢快的《勇敢的水兵》乐曲声啊！

铁笼子前面每天都挤满了孩子，他们穿着各式各样的衣服。大黑隔着笼子来来回回地向外张望。它多么希望正坊和千代也在其中啊！如果是正坊，他会穿着红白相间的条纹衣

服，一眼就能认出来。

这天，正当它像做梦一样呆呆地幻想着的时候，头顶突然传来了一个熟悉的声音：

"大黑！"

大黑抬起忧郁的眼睛，朝发出声音的方向望去。

哦哦哦哦，哦哦哦！

哦哦哦哦！

哦哦哦哦，哦哦哦！

哦哦哦哦哦！

眼前哼着《勇敢的水兵》的正是正坊。大黑全身的血液都沸腾起来了，猛地直起身，像在马戏团里一样，踏着节奏在笼子里来来回回地舞蹈起来，然后，它从铁笼子里伸出嘴，亲切地看着正坊。虽然正坊没有穿红白条纹的衣服，但它还是一下子就认出他来了。大黑的喉咙仿佛哽住了一般，"嗷嗷"地叫着，发出了悲喜交加的声音。

正坊笑眯眯地从怀里掏出饼干，塞进大黑嘴里，一遍又一遍抚摸着它的鼻子尖。

千代站在正坊身后，眼里饱含着热泪，默默看着这一切。这是他们工作以后的第一个休息日，就一起来看望老朋友大黑了。

郁金香

放学回家的路上,君子向她的朋友纪子炫耀着自己家种的郁金香,"我们家种的郁金香可好看了,比花店里买来的还漂亮不止五倍呢!"

"哇,真好啊!"朋友纪子露出一副非常羡慕的表情,侧耳倾听着。

"我拿红蜡笔和它比较过哦!结果一比较才觉得红蜡笔看上去真是又淡又显脏。"

"是吗?"

"我妈妈说,以前人们用这个花来制作口红的呢!"

"这样啊!"

"纪子,你要是对着那个花写生,肯定能拿一等奖!"

"哎呀,我哪有那么厉害。"

"昨天我们刚把球根种下去,不过还剩下两三个,我跟妈妈说一下,把剩下的送给纪子吧。"

"真的啊,我可以要几个吗?"

"嗯,妈妈肯定说可以的。"

　　这时，两个人刚好走到了纪子家的门口。

　　"那我明天早上给你带过来吧！"说完，君子和纪子告别，然后各自回家了。回到家后，君子跟妈妈说了这件事。妈妈说："你给她拿去吧！"第二天早上，君子就把两个球根装在放葡萄干的空盒子里，带去找纪子了。

　　"纪子！"君子隔着篱笆墙呼唤着。但是纪子没有应声，反而听到纪子的姐姐答话说："来——啦！"

　　怎么回事？君子正在纳闷，只见姐姐从玄关里走了出来，说道："纪子发烧啦，今天不能去上学了。"君子非常吃惊，结果把郁金香球根的事儿也给忘记了，只是说了声"这样啊"，就一个人默默上学去了。

　　放学后，君子把郁金香的球根埋在了山樱桃树下。这样，到了春天，开了花，就可以

- 119 -

把花送给纪子了。

纪子的病一直不见好，一周过去了，两周过去了，纪子仍然没有来上学。到了寒冷的冬天，到了圣诞节，又到了正月，最后终于又到了春天。高得都望不见树梢的山毛榉树上露出了细嫩的叶芽，努力地舒展着，生长着。

一天放学回家时，君子从纪子家门前经过，听到篱笆墙里面有人在说话，于是就朝里面张望。

院子里，纪子穿着睡衣，扶着姐姐的手，摇摇晃晃地走着，纪子的妈妈站在走廊下看着她们。

"姐姐，再朝篱笆那边走一次吧！"纪子说道。

"走这么多你能吃得消吗？"姐姐担心地说道。但是纪子已经能走这么远了，姐姐非常为她高兴，于是拉着纪子的双手，像教婴儿学步一样，带着纪子朝篱笆墙的方向慢慢走过去。

"啊，姐姐，你看，好漂亮的晚霞啊！"纪子站住了，和姐姐一起仰望着天空。

"是啊，真漂亮啊！"姐姐说道。在篱笆后面张望的君子，突然看见姐姐那美丽的眼睛里闪烁着泪光，那一瞬间，君子也产生了想哭的冲动。

再过十天的话，纪子应该就能来上学了……君子一路这样想着，回到了自己家。原本应该送给纪子的郁金香，已经躲在山樱桃树下悄悄地吐出了娇嫩的花蕾，含苞待放。

竹笋

竹笋一开始都是藏在地底下的，在土里四处钻来钻去。

等到一场雨过后，它们就会争先恐后地从土里面噌噌地冒出头来了。

我们现在要讲的这个故事，是发生在竹笋还长在地底下时的事。

竹笋宝宝们总想到很远的地方去，竹子妈妈被它们吵得受不了了，狠狠地训斥它们说："不可以跑到那么远的地方去，要是从杂草丛里钻出来，会被马蹄踩到的！"

可不管妈妈再怎么生气，反复提醒，还是有一个小小的竹笋宝宝不听话，不停地往远处钻去。

"你为什么就是不听妈妈的话呢？"竹子妈妈问它。

"因为那边有一个温柔又动听的声音在呼唤我。"那个小竹笋回答道。

"我们没听见啊！"其他小竹笋异口同声地说道。

"但是我听见了。那声音真是太悦耳了，简直无法用语言形容。"往远处钻去的小竹笋回答道。

于是，它越走越远，越走越远，最终离开了其他的竹笋，在篱笆墙的外面探出了头。

正在这时,一个拿着横笛的人走了过来,问道:"哎呀,你是迷了路的小竹笋吗?"

"不,不是的。你吹出来的笛声实在太美妙了,我是被笛声吸引过来的。"小竹笋回答。

后来,小竹笋长大了,长得很结实的时候,它就成了一根非常出色的横笛。

跟着气球飞舞的蝴蝶

一个老爷爷在街角处卖气球。老爷爷的那束气球,有红的、蓝的、黄的、紫的,还有各种其他颜色。它们挤在一起,脸贴着脸,随着风轻轻摇摆。

一只白色的蝴蝶每天都会飞过来,跟这束气球玩耍,一玩就是一整天。

白蝴蝶和这束气球里面的一个红气球关系最好。

有一天,一个背着孩子的阿姨走过来,掏出一分钱,把那个红气球买走了。

被买走的红气球说:"小蝴蝶,再见啦!"

可是,白蝴蝶却说:"不嘛,我要跟你走!"

于是,白蝴蝶扇动着翅膀,跟在红气球的后边一起走了。

背着孩子的阿姨穿过一条林荫路,朝公园走去。红气球被一根细线牵着,飘在她的背后。红气球的后边,又跟着一只翩翩飞舞的白蝴蝶。

阿姨一走进公园,就在长椅子上坐下来,唱起了催眠曲哄小娃娃睡觉:

乖宝宝睡觉觉喽,噢——噢——
乖宝宝睡觉觉喽,噢——噢——

可是还没等小娃娃睡着,她自己却先呼呼大睡起来。

白蝴蝶非常担心,它问红气球:"以后,你会到什么地方去呢?"

红气球说:"我也不知道。"

这时,阿姨不知不觉中松开了手,细线滑了出去,红气球开始向天空中飘去。

白蝴蝶也跟着红气球,向天空飞去。

"我不知道自己会飞到什么地方去,小蝴蝶,你快回家去吧……"红气球说道。

"不嘛,我就要跟着你。"白蝴蝶说。

红气球越飞越高,白蝴蝶也跟着越飞越高。向下看去,城市变小了,房子看上去像玩具积木一样。

"不要再跟着我了,小蝴蝶,听话,我不知道自己到底会飞到什么地方去呢!"红气球说。

可是,白蝴蝶不听,继续舞动着翅膀,跟着气球飞啊飞啊!

不一会儿,红气球和白蝴蝶都不见了踪影。

花木村和盗贼们

一

从前，花木村里来了五个盗贼。

那天正值初夏，初生的新竹子正在努力地向天空中舒展着它那娇嫩的绿叶；松树林中，松蝉正在"知了知了"地鸣唱着。

盗贼们是从北边沿着河走过来的。来到花木村入口附近。他们看到绿色的原野上长满了野菠菜和苜蓿，孩子们和牛正在原野上玩耍。光看这些，盗贼们就知道这个村子一定是一个和平的村子。这样一个村子里，放着金钱和值钱东西的人家一定不少，所以盗贼们非常高兴。

小河沿着竹林静静地流淌着，竹林边有一架水车正骨碌骨碌地转动着，将河水送往村子里。

来到竹林边，盗贼头子说道："我就在这竹荫底下等着，你们去村子里打探打探情况。你们几个都进入盗贼这一行不久，所以都给我小心点，别出什么差错。要是发现有钱人家，就好好调查一下,看看他家哪一扇窗户比较破旧,家里有没有养狗。听明白了吗,釜右卫门?"

"听明白了。"釜右卫门回答道。他昨天还是个走街串巷的修锅匠,专门替人做些补锅、打造茶壶之类物件的活计。

"听明白了吗,海老之丞?"

"听明白了。"海老之丞回答道。到昨天为止,他还是个锁匠,专门替人打造仓库、衣箱上用的锁。

"听明白了吗,角兵卫?"

"听明白了。"还是个少年的角兵卫回答道。他是从越后那边来的舞狮子艺人。到昨天为止,他都是在人家大门口玩玩倒立,翻翻跟头,每次能得到一两文赏钱。

"听明白了吗,刨太郎?"

"听明白了。"刨太郎回答道。他是从江户来的木工的儿子,到昨天为止,还在四处参观各地寺院和神社的大门,学习木匠活儿手艺呢!

"好了,大家都快去吧!因为我是老大,所以就在这儿抽一袋烟,等你们回来。"

于是,盗贼的徒弟们——釜右卫门扮作修锅匠,海老之丞扮作锁匠,角兵卫扮作舞狮子艺人呜呜吹着笛子,而刨太郎则装扮成木匠,四个人一起走进花木村。

盗贼头子等徒弟们都走后,一屁股坐在河边的草地上,像刚才说的一样,吧嗒吧嗒抽起烟来。他一边

抽,还一边摆出一副强盗的模样。他从很久以前就开始干坏事,是一个真正的盗贼。

"我到昨天为止,还只是一个独行盗贼。今天,头一回做了盗贼头子,不过,做一个盗贼头子看上去也不错。事情就让徒弟们去干,我只要躺在这里等着就行了。"盗贼头子没事干,闲得无聊,就自言自语起来。

不一会儿,徒弟釜右卫门回来了。

"头儿,头儿!"

盗贼头子噌地一下子从蓟草花丛中跳了起来。

"喊什么喊啊,吓了我一跳。别头儿、头儿地乱叫,怎么听都像是在叫鱼头似的。叫老大就行了。"

"真是非常抱歉。"刚当上盗贼的徒弟赶紧道歉。

"怎么样?村子里的情况如何?"盗贼头子问。

"是。非常不错呀,老大。有啊,有啊!"

"有什么啊?"

"有一个大户人家,他家烧饭的锅可以煮三斗米,值好多钱呢!还有啊,寺院里悬着的那口钟也很大,敲碎了可以做成50把茶壶呢!什么?您不信?绝对没问题,我的眼睛是不会看错的。您要觉得我是在吹牛,我可以做出来给您看。"

"别在这儿大吹大擂那没用的事儿了。"盗贼头子气得大骂徒弟道:"你这家伙,再不把修锅匠的习气改掉可不行。哪有整天只知道盯着烧饭锅和吊钟看的盗贼?我问你,你手上拿的那口破了洞的锅是怎么回事?"

"啊,这个。我……我从一户人家门前经过时,看到那家的罗汉松篱笆墙上挂着这口锅。我一见那口锅的锅底破了个洞,就忘记了自己是个贼,对那家的女主人说,给我二十文钱,我就帮你把这口锅修好。"

"怎么会有你这么蠢的人。居然自顾自地做起买卖来了,这证明你根本没把当盗贼的事放在心上。"

盗贼头子摆出老大的架势，教训了徒弟一顿，然后命令道："你再给我混进村子一趟，好好摸清情况。"

釜右卫门晃着那口破了洞的锅，再次进了村子。

很快，海老之丞也回来了。

"老大，这个村子不行啊！"他有气无力地说道。

"为什么？"

"不管哪家的仓库都没有一把像样的锁，上面挂的那些破锁连小孩子都能拧断，根本就是挂在那摆样子的。这样的话，我们根本就没法在这儿做生意了。"

"我们是做什么生意的？"

"是……锁……匠。"

"我看你这家伙也没改掉原来的习气。"盗贼头子怒吼道。

"是，非常抱歉。"

"我们怎么会没法在这村子做买卖呢？如果仓库上挂的锁连小孩子都能拧断，那对于我们的买卖来说，就是最好不过的了，蠢货。再去给我打探清楚。"

"原来如此，原来这样的村子才能做买卖啊！"

海老之丞一边佩服地说着，一边朝村子里走去。

下一个回来的是少年角兵卫。他是一边吹着笛子一边走过来的，所以在竹林子这边还没看见他的身影呢，就知道他回来了。

"你还要呜呜呜地吹到什么时候？作为一个盗贼，要尽量别发出声音。"盗贼头子叱责道。

角兵卫赶紧停止吹笛子。

"给我说说，你在那里都看到什么了？"

"我沿着河一直往前走，然后看到一座小房子，它的院子里开满了菖蒲花。"

"嗯，然后呢？"

"那座房子的屋檐下,有一个头发、眉毛和胡子都雪白雪白的老爷爷。"

"嗯,那老头儿是不是在走廊下面埋了一个装金币的罐子什么的?"

"那位老爷爷在吹竹笛。虽然他那根竹笛一点儿都不值钱,但声音可是真好听。我还是头一次听到那么不可思议的美妙乐声。老爷爷听我那么说,就微笑着,吹了三首长长的曲子给我听。为了感谢他,我接连翻了七个跟头给他看。"

"哎呀哎呀,然后呢?"

"我说,这可真是一支好笛子呀,老爷爷就告诉我制作笛子的竹林在哪儿,他说他就是用那里的竹子做的竹笛,于是,我就去了老爷爷跟我说的那片竹林。果然,那里密密麻麻生长着几百根非常适合做竹笛的竹子。"

"以前听说有人在竹林里发现过闪闪发光的金子。怎么样,那个竹林子里有没有掉落的金币啊?"

"然后,我继续沿着河往前走,看到了一座小尼姑庵。小尼姑庵的院子里挤满了人,庵前的花草被踩得东倒西歪的,大家都在给一尊跟我的竹笛一样高的如来佛像敬甜茶。我也敬了一大碗甜茶,然后畅饮了一番。要是有茶碗,我就能给老大您也带点儿回来了。"

"哎呀哎呀,你可真是个不敬业的盗贼啊!在那么一大群人中,就要注意他们的腰包和衣袖啊!你这家伙再去给我重新探查一趟。把你那根破笛子扔一边去。"

角兵卫被骂了一通,赶紧把笛子往草丛里一扔,又进了村子。

最后回来的是刨太郎。

还没等他说话,盗贼头子就抢先说道:"你这家伙也没带回来什么有用的情报吧。"

"不,我发现了财主,大财主啊!"刨太郎兴奋地提高

了音量说道。一听说有财主，盗贼头子的脸上露出了笑容。

"噢，财主吗？"

"财主啊，大财主！他家的房子特别气派。"

"哦？"

"您是没看见啊，那房子的天花板是一整块萨摩衫木板。要是我父亲看见那块木板，肯定会高兴得不得了啊，哎呀，把我都给看呆啦！"

"嘿，这有什么意思！这么说来，一块天花板就让你兴奋得忘乎所以了？"

刨太郎似乎这才想起来，自己现在是盗贼的徒弟。作为盗贼的徒弟，说这些话实在太愚蠢了，他难为情地低下了头。

于是，刨太郎也重新回到村子里去打探情报了。

"哎呀哎呀，真受不了这些家伙啊！"只剩下自己一个人了，盗贼头子仰面朝天躺到了草地上，叹息道："想不到盗贼头子这个工作也这么不容易做啊！"

二

突然间，传来了许多孩子的声音。

"抓贼呀！"

"抓贼呀！"

"快点抓住他啊！"

虽然是孩子的声音，但作为盗贼，一听见有人喊抓贼，盗贼头子还是被吓了一大跳。他噌地一下子跳了起来，心想是赶紧跳到河里游到对岸逃跑呢，还是赶紧藏进草丛呢？

不过，孩子们只是挥舞着绳索和玩具警棍，朝远处跑去了。他们正在玩抓强盗的游戏呢。

"什么呀，原来是小孩们在玩啊！"盗贼头子松了口气。

"不过就算是玩，也不该玩什么抓强盗的游戏啊。现在的孩子还真爱干一些没意思的事，真让人担心他们的前途啊！"

盗贼头子忘了自己就是一个盗贼，居然产生了这种念头。他自言自语着，又躺卧在了草地上。

这时，只听有个声音在叫他："大叔。"

他起身回头一瞧，原来是一个七岁左右、非常可爱的小男孩，牵着一头小牛犊站在那里。只见他脸庞清秀，手脚都非常干净，不像是普通百姓家的孩子。也许是哪个大户人家的小少爷，跟着下人到乡下来玩，又央求着下人把小牛犊给他牵着玩的吧！不过奇怪的是，他就像一个走远路的旅人一样，白净的小脚上套着一双小小的草鞋。

"你帮我看着这头牛。"那孩子这么说道。

然后，不等盗贼头子反应过来，就快步走到他跟前，把红色的缰绳交到他手上。

盗贼头子张了张嘴，想要说点什么，可是还没等说出口呢，那孩子就朝着已经跑远的孩子们追了过去。为了能赶紧跟上去和那群孩子玩耍，穿草鞋的孩子头也不回地就跑了。

暂时获得小牛犊监护权的盗贼头子，一边嘿嘿地笑着，一边盯着小牛犊看。

一般的小牛犊总爱蹦来跳去，很不好照看，可这头小牛犊却非常温顺，睁着一双水灵灵的大眼睛，毫无戒心地站在盗贼头子的身旁。

"嘿嘿嘿。"盗贼头子不由得得意地笑了起来，乐得都停不下来了。

"这下我可以好好地跟徒弟们夸夸海口啦！我就说，你们这帮家伙还在村子里头傻乎乎地瞎转悠的时候，老大我已经偷到一头小牛犊啦！"

他说着，又嘿嘿嘿地笑了起来。因为笑得实在太开心，甚至连眼泪都笑出来了。

"啊，太奇怪了！明明笑得那么开心，怎么就流起泪来了呢。"

然而，这眼泪流啊流啊，就是停不下来。

"哎呀，哎呀，这到底是怎么回事儿啊？我怎么流了这么多眼泪啊，怎么搞得像是我在哭一样呢？"

千真万确，盗贼头子真的哭了，因为他太开心了：一直以来，他受尽了人们的冷遇和

白眼,只要他一出现,人们就像是看见了什么奇怪的东西一样,赶紧把窗户关上,放下帘子;只要他打一声招呼,原本谈笑风生的人们就好像突然想起来还有什么事要做似的,赶紧把脸扭开,不再说话了;甚至连池塘里浮出水面的鲤鱼,只要看见他站在岸边,都会一个转身默默地潜回水底去。有一次,他给坐在耍猴艺人背上的猴子喂柿子吃,那猴子一口都没吃,直接就给扔到了地上。所有的人都讨厌他,所有的人都不相信他,可是这个穿着草鞋的孩子,却把小牛犊托付给了身为盗贼的他,认为他是个好人。而这头小牛犊也非常老实温顺,一点儿都不讨厌他,像是把他当成母牛一样,紧紧依偎在他身边。小孩和这头小牛犊都这么相信他,这种事对于盗贼来说,还是第一次遇到。被人信任是多么令人高兴的事啊……

于是,盗贼头子的心灵又变得纯洁善良起来。虽然当他还是个孩子时,心灵就是这般的纯洁美好,但自那以后很长一段时间里,他的心灵始终处于污秽之中,很久没再回到这种美好的状态中了。这就好比突然间换下脏兮兮的衣物，然后穿上华丽的新衣，会产生一种非常奇怪的感觉一样——盗贼头子之所以会泪流不止，也是这个原因。

很快就到了黄昏时分。松蝉停止了鸣唱，傍晚的白色暮霭慢慢从村子那边飘过来，在田野的上空扩散开来。远远地传来了孩子们的喊声："今天就到这儿吧""明天见"。因为还混杂着其他声音，所以听得并不十分真切。

盗贼头子一边在那儿等着，一边心想，那孩子该回来了吧？等他回来，我要好好给他道谢，然后把这头小牛犊还给他。

可是，等孩子们的声音全都消失在了村里，那穿草鞋的孩子也仍旧没有回来。月亮升上来了，挂在村子上空，仿佛镜子匠人刚刚打磨好的新镜子一般，将皎洁明亮的月光洒向大地。远处的森林里，猫头鹰一个接一个鸣叫起来。

小牛犊大概是饿了，朝盗贼头子靠过来。

"我也没法子啊，我又没有奶给你喝。"盗贼头子说着，用手抚摸着小牛犊背上的斑点，眼泪再次夺眶而出。

正在这时，四个盗贼徒弟一起回来了。

三

"老大，我们回来了。哎呀，这头小牛犊是怎么回事？哈哈，老大果然不是一般的贼啊！趁我们到村子里打探情况的时候，已经干了一票啦！"釜右卫门发现了小牛犊，钦佩地说道。

盗贼头子为了不让人看到他泪水未干的脸，就侧过身去说："嗯，虽然我很想对你们这帮家伙夸夸口，但实际上并不是那样的。这是有原因的。"

"哎呀，老大，你该不会是……哭了吧？"海老之丞问道。

"眼泪这东西，一流起来就没完了啊！"盗贼头子说着，拿起衣袖擦了擦眼睛。

"老大，替我们高兴吧！这回啊，我们四个拿出了盗贼该有的习性，可是好好探查了一番。釜右卫门发现了五户有金茶壶的人家；海老之丞好好地研究了五个土墙仓库的锁，发现只要用一根弯曲的钉子就可以把锁打开；而身为木匠的我，发现有五户人家的后门可以用这把锯子很轻易弄开；角兵卫发现了五处穿上跳狮子的高齿木屐，就可以跳过去的院墙。老大，表扬表扬咱们哥儿几个吧！"刨太郎得意扬扬地说道。

可盗贼头子并没回答他的话，只是吩咐道："我受人所托，帮忙照看这头小牛犊，但那人到现在还没来领，我有点等得不耐烦了。不好意思，你们能分头去帮我找一下把小牛犊托付给我的那个孩子吗？"

"老大，你是说要把这头送上门的小牛犊还回去吗？"釜右卫门露出一副无法理解的表情说道。

"没错。"

"盗贼也要做这种事吗？"

"我这么做是有原因的，这个必须还回去。"

"老大，请您振作一点，做点盗贼该做的事吧！"刨太郎喊道。

盗贼头子苦笑着向徒弟们讲述了这件事的原委。徒弟们听了之后，都明白了盗贼头子的心情。

于是，盗贼徒弟们都出发去寻找那个孩子了。

"是一个穿着草鞋，看上去很可爱的七岁左右的小少爷，对吧！"

四个徒弟牢牢记住了自己要找的人，便分头去寻找了。盗贼头子也坐不住了，牵着小牛犊边走边四处查看。

在月光的映照下，村子里隐约可见野蔷薇和白色的水晶花。就在这样一个夜晚，五个盗贼牵着一头小牛犊，边走边寻找一个孩子。

盗贼们想，或许那孩子以为捉迷藏的游戏还没结束，说不定仍旧躲在某个地方呢！于是盗贼们在有猫头鹰叫唤的佛堂廊下、在柿子树上、在仓库里、在散发着好闻香味的蜜柑林深处四处寻找，而且逢人便问。

可是始终不见那个孩子的踪影。村民们也点上灯笼，借着火光仔细观看那头小牛犊，可谁都没在这附近见过它。

"老大，这样下去就算找一个晚上也没用啊，还是放弃吧！"海老之丞看上去累坏了，坐在路边的石头上说道。

"不行，不管怎么样都要把那孩子找到，把牛犊还给他。"盗贼头子不听海老之丞的劝告。

"现在没有别的办法了，只剩下一条路可走了，那就是去找村官。老大，你不会真的想去那儿吧？"釜右卫门说道。他说的村官，用现在的话来说就是治安管理员。

"嗯，只好如此了。"

盗贼头子沉思了一会儿，一只手抚摸着小牛犊的头。不一会儿，他说道："就到那儿去一趟吧！"

说完就迈步往前走。徒弟们全都吓了一跳，但也只好无可奈何地跟着一起去了。

盗贼们一边问路一边走，终于找到了村官家，出现在他们面前的是一位老人，戴着一副快要从鼻子尖上滑落下来的眼镜。盗贼们稍稍安心了一点，因为他们觉得，面对这样一位老村官，万一有什么风吹草动，马上可以夺路逃走。

盗贼头子把孩子的事情告诉了村官。

"我们找不着那孩子，不知道该怎么办才好啊！"他说道。

老人扫视了一遍五个人的脸，问道："以前没有在这附近见过你们啊，你们是从哪儿来的啊？"

"我们是从江户西边的地方过来的。"

"你们不会是盗贼吧？"

"不，绝对不是。我们都是些走街串巷的手艺人，修锅匠啊，木工啊，锁匠啊之类的。"盗贼头子慌乱地辩解道。

"嗯。哎呀，真是不好意思啊！我说错话了，请别见怪。你们肯定不是盗贼，盗贼怎

么会主动把东西送还给人家呢！如果是盗贼，有人把东西托付给他们，肯定会很开心地私吞了。哎呀，你们好心好意特地把东西送来，老朽却说了这种失礼的奇怪话，真的是很对不起啊！抱歉，老朽是一个村官，所以总是难免疑神疑鬼的，看到人就会想：这家伙是不是骗子啊，是不是小偷啊！所以啊，请千万别往心里去。"老人边说边道歉，然后吩咐下人把小牛犊牵进仓房里安顿好。

"大家走了那么久，一定累了吧？刚好，村西头酒馆的太郎老爷送给老朽一瓶好酒，老朽正在廊下一边喝酒一边赏月呢！偏巧你们来了，那就陪老朽喝一杯吧！"善良的老人一边说着，一边领着五个盗贼来到廊下。

他们开始喝起酒来。五个盗贼和一个村官就好像已经认识了十年的老朋友一样，开怀畅饮，谈笑风生。

这时，盗贼头子的眼中又忍不住泛出了泪花。老村官一看，不由得咧嘴笑了，说道："看来你是个一喝酒就会哭的人啊！老朽可是个一喝酒就要笑的人，见到哭的人就会更想发笑。所以老朽的笑声，请千万别往心里去啊！"

"哎呀，眼泪这东西，真是一流起来就没完啊！"盗贼头子一边眨巴着眼睛，一边说道。

之后，五个盗贼向村官道了谢，就离开了。

出了门，来到柿子树底下时，盗贼头子好像想起了什么似的，站住不走了。

"老大，你是不是忘了什么东西？"刨太郎问道。

"嗯，是忘了。你们也一起跟我来。"盗贼头子说完，带着徒弟们再次来到村官家里。

"老人家。"他跪在廊下，双手伏地，对老人说道。

"怎么了，一脸沉痛的样子。你还要使出一喝酒就哭的绝招吗？哈哈哈。"老人笑道。

"其实，我们是盗贼。我是首领，他们是徒弟。"

一听这话，老人顿时吃惊地瞪大了眼睛。

"哎呀，您会吃惊那是理所当然的，我本来也没想要坦白的。但是老人家您心地善良，把我们当作正经人，对我们如此信任，我实在是没法再欺瞒您老人家了。"

盗贼头子说着，把迄今为止做过的所有坏事都坦白交代了。最后，他请求道："不过，他们几个是昨天才刚成为我徒弟的，还什么坏事都没做过。请您宽大为怀，饶恕他们吧。"

　　第二天一早，修锅匠、锁匠、木工和耍狮子艺人走出花木村，各自奔往他乡去了。他们低着头，一路走，一路在心里想着盗贼头子的事。他可真是个好头目啊！正因为他是个好头目，所以一定要牢牢记住他最后的嘱咐："绝对不要再去当盗贼了。"

　　角兵卫从河边的草丛中拾起笛子，呜呜呜地吹着走远了。

四

　　就这样，五个盗贼都改邪归正了，可是，之前那个孩子到底是谁呢？花木村的村民们到处寻找这位将村子从盗贼手中拯救出来的孩子，可结果怎么都找不到。最后，大家得出这样一个结论：那是很早以前就住在土桥桥头的地藏菩萨，他脚上穿着的草鞋就是证据。为什么这么说呢？那是因为村民们常布施草鞋给地藏菩萨，而那一天，恰好就给地藏菩萨换上了一双崭新的小草鞋。

　　虽说地藏菩萨穿着草鞋走路是一件不可思议的事情，不过我认为世上有这种不可思议的事也是很不错的呢！而且，这都是很久以前的事了，不管怎么说都没什么关系了，不过，要是真有这事，那肯定也是因为花木村的村民们都是心地善良的人，所以地藏菩萨才会将他们从盗贼手中拯救出来。如果是这样，那么所谓村庄，就应该是心地善良的人才能居住的地方吧！

去年的树

一棵大树和一只小鸟是非常要好的朋友。小鸟每天站在树枝上唱歌给大树听,大树每天就站在那里听着小鸟的歌声。

日子一天天过去,寒冷的冬天就要来到了。小鸟必须离开大树,飞到很远很远的地方去过冬。

大树对小鸟说:

"再见了,小鸟!明年请你一定要回来,继续唱歌给我听啊!"

小鸟说:

"好的,明年我一定回来,再唱歌给你听,请你等着我哦!"

小鸟说完,就朝着南方飞去了。

春天又来了。原野上、森林里的雪都融化了。

小鸟飞回来了,找它的好朋友大树来了。

然而,这是怎么回事?大树不见了,只有一截树根留在原地。

小鸟焦急地问树根:

"原来站在这里的那棵大树到什么地方去了啊?"

树根回答说:

"伐木工人用斧子把它砍倒,拉到山谷里去了。"

于是小鸟朝着山谷里飞了过去。

山谷里有一个很大的工厂,里面传出来了"吱——吱——"的锯木头声音。

小鸟落在工厂的大门上,它问大门:

"门先生,请问您知道我的好朋友大树在哪里吗?"

大门回答说:

"大树啊,它在工厂里被切成一根根细细的小木棍,做成火柴,然后送到那边的村子里卖掉啦。"

于是，小鸟又朝着村子的方向飞了过去。

一盏煤油灯旁，坐着一个小女孩儿。

于是小鸟问小女孩儿：

"小姑娘，请告诉我，你知道火柴在哪儿吗？"

小女孩儿回答说：

"火柴已经烧光啦！不过，火柴点燃的火，还在这个灯里亮着呢！"

小鸟盯着灯火看了一会儿。

然后，它对着灯火唱起了去年唱过的那首歌。

灯火轻轻摇曳跳动着，仿佛从心底感到喜悦。

唱完了歌，小鸟又盯着灯火看了一会儿，然后飞走了。

谁的影子

镇中央有一个广场，广场正中央投下了一个圆圆的影子。两个孩子从影子旁边经过。

"这是谁的影子啊？"一个孩子问道。

"不知道啊，是谁的呢？"另一个孩子不解地歪了歪脑袋。说完，他俩就走开了。

落在邮筒上的麻雀说："那是我的影子啊！"

"哈哈哈！"邮筒笑了起来，说："那么，你飞起来看看吧！"

麻雀飞了起来，可是广场中央的影子却一动也没有动。

"你看看，你飞起来了，影子却没有跟着动，说明那不是你的影子！"邮筒说。

"那它是谁的影子呢？"

"当然是我的啦！"邮筒微微一笑。

这时，立在邮筒背后的路灯突然哈哈大笑起来，说："你的影子正躺在你身后呢，就是那条歪歪扭扭的影子！"

邮筒回头一看，身后果然有一条七扭八歪的影子，顿时羞红了脸。

"那个影子啊，是我的！"路灯说。

这时，天空中突然传来一阵响亮的笑声，传遍了整个广场。大家仔细一看，原来是一只升到高空中的气球。

"路灯的影子在它身后呢，就是那条瘦长瘦长的影子。"

气球得意地说，"那个影子啊，是我的！"

没错，从那圆圆的形状来看，影子的确是气球的。气球的这个圆影子真是太漂亮啦！

麻雀、邮筒和路灯看看气球，又看看那个圆圆的影子，都羡慕极了。

然而，到了傍晚，太阳落山后，广场中央的那个圆影子就消失了。

这时候大家才明白，原来，所有的影子都是太阳制造出来的啊。

百姓的脚、和尚的脚

一

十二月十二日，贫穷的农民菊次陪云华寺的和尚去收初穗。

所谓初穗，是指当年秋天收获的新米，村里的农民们都会拿出一点儿来送给寺庙作为供奉，请求佛祖保佑自己平安顺利。

和尚站在村里每户人家的门口念一段简短的经文，农民们就知道和尚来了，于是用斗量好新米，端着从里面走出来。菊次的任务就是帮忙把米装进袋子里，然后，用筐挑在肩上。

话说，那一年秋天，水稻丰收了，农民们都非常高兴，所以拿出了很多初穗来作为给和尚的供奉。两个袋子很快就都装得满满的了，每次装满时，菊次必须把米送回寺庙，倒在库房的米柜里。就这样到黄昏的时候，菊次已经来来回回走了五趟。当袋子又一次快要被装满的时候，天也黑了，这个村里农户的初穗也都差不多收完了。

"天已经黑了，乌谷那边怎么办呢？"和尚一边歪着头想着，一边说道。

乌谷离这里还有十几里路，是一个位于谷底的偏僻部落，只有五户农民居住，但是乌谷的百姓们会请他们喝自己酿的非常好喝的酒。

"米也差不多装满了，乌谷那边怎么办呢？"和尚又一次问道。

"我也不知道啊——"菊次拖长了声音说道，他很喜欢喝乌谷的酒。

"如果去一趟乌谷，回来就要到深夜了，去不去呢，到底怎么办呢？"和尚也很喜欢喝乌谷的酒，他一边数着手里的念珠又问了第三遍。

"我也不知道啊——"菊次又和前一次一样，拖长了声音说道。

"唉，算啦，我还是去一趟吧！菊次啊，你要是不想去的话，就一个人回去吧！"说着，和尚就迈开步子朝着乌谷方向走去了。

"为什么让我回去啊？我是大师您的随从，您就是下地狱，我也要跟您一起去。"菊次说着，慌忙追上和尚，一起朝前走去。

一到乌谷，那里的农民果然从酒桶里舀出一升美酒来款待他们。

"给喜欢喝酒的人酒喝，这真是功德无量啊！这就是我佛所说的大发慈悲啊！"和尚一边喝酒一边像说教一样讲个不停："这酒是用西边的泉水酿的，还是用东边的泉水酿的啊？啊，是用西边的泉水酿的啊！怪不得这么好喝啊！西边的泉水就那么喝喝都觉得非常美味呢。"

和尚一边赞不绝口，一边开怀畅饮。

菊次也一样，坐在门槛上，双手拧着毛巾，一会儿说："我已经不能再喝啦，因为我是您的随从。"一会儿说："哎呀，和尚大人您不用挑行李，所以喝多少都没关系，但是我还要挑行李，再喝下去就走不动路啦！"结果还是左一碗右一碗喝了很多酒。

从这家出来后，还剩下一家没有走到，但是和尚一边打着饱嗝，一边说"咱们回去吧"，然后就沿着羊肠小道往坡上走去。

已经是夜晚了。天还亮着时就已经挂在天空中的月亮，此刻已经开始放射出明亮的光芒，照射在狭窄山路拐角处盛开着的山茶花上，看上去洁白清冷。

道路在田间蜿蜒起伏，朝着村庄的方向延伸过去。两个人向上走了五六里路时，突然

听到从后面传来呼喊的声音。

"请等一下——大和尚。"有人在谷底方向大声喊着。

"怎么回事,是不是把什么东西落在那里了?"和尚一边说着,一边在自己身上东摸摸西拍拍。

"我马上就过来了,你们等我一下——"听上去是个老人的声音。

说话间,只见月光下一个人影慢慢走近了。

"是个瘸子啊!"过了一会儿,菊次说道,因为他看见那个人一瘸一拐地走了过来。

"哎呀,累死我了。让你们久等了,真对不起。我追过来是给你们送这个的。"

气喘吁吁地跟在后面爬上山来的是一个跛脚老爷爷。他把手里拿的东西伸到二人的面前,原来是盛着米的碗。

"啊,是这个啊!我还以为是什么呢!"和尚觉得很失望,接过碗来转身就走。

"哎呀,让您久等,实在是太抱歉了,但是,听说和尚大人来乌谷收初穗,已经回去了,我觉得只有我没有把初穗拿出来的话,对佛祖实在是太不敬了,所以才赶紧追过来,

麻烦您啦!"

　　这个跛脚老爷爷,仿佛完成了一项重要任务似的,脸上绽放着喜悦的光,沿着坡道回谷底去了。

两个袋子都装得满满的了,于是菊次就直接把碗放在了筐子的角落里。因为已经喝了三四碗酒,他小心翼翼地走着,希望自己不要像个蹩脚的挑夫一样把米给弄撒了。

但是没走几步,菊次就被一块石头绊了一下,碗一下子倒了,碗里的白米都撒在泥土上。

"啊!这下可糟了!"

菊次慌了,赶紧双手捧起撒在地上的米,又装到了碗里。

和尚接过碗,又哗地把米撒在地上。"这米里都是土,根本不能要了。"

菊次呆呆看着散落在地上的米。

"这些不用带回去了!"和尚一边说着,一边用脚把地上的米都踢散了。

眼前发生的一切让菊次目瞪口呆,和尚怎么能做出这样的事呢?竟然用脚把米踢散了。

但是,这会儿菊次也跟着当了一回帮凶,因为他也喝多了,有点忘乎所以了。

菊次也伸出一只脚来，学着和尚的样子踢散地上的米。

就这样，跛脚老爷爷气喘吁吁追了大老远送过来的装了满满一碗的白米，被这两个喝醉了酒的人用脚给踢散了，踢得看不见了。

"啊，这下干净了！"和尚说着，继续摇摇晃晃地往前走。

菊次用尽全力把那只碗朝一边扔了出去。那只碗先是像一道黑影一样飞了出去，在空中反射出了一道亮光，随后落到了竹林里。

菊次也觉得像是去掉了一块心病似的，重新挑起了担子往前走去。

二

那之后，又过了两天，一个天气阴沉寒冷的日子，菊次去帮云华寺打扫卫生。云华寺马上就要举行报恩法会，到时每天都会有很多人来参拜，所以要提前做好准备，要把佛前放置的各种道具都擦得闪闪发光。

菊次在云华寺吃了午饭，然后回家了。菊次家的小房子在云华寺前的一片被木槿树包围的田地里。

菊次来到井边，看到自己的儿子清造站在堆肥用的屋子旁边，正在用手拔墙上的杂草玩。仔细一看，他连木屐或者草鞋都没有穿。

"小清，你在干什么呢？你不冷吗？"被菊次这么一说，清造就呜呜地哭了起来。

"又被奶奶骂了吧！过来，过来，爸爸带你去跟奶奶道歉。"菊次带着嘤嘤哭泣的清造进了家门。

一进屋，菊次那老母亲正在和菊次的妻子吵架。

菊次的妻子告诉他，奶奶把清造狠狠骂了一顿不说，还用火钳子敲他的后背，实在是太过分了。

然后，老母亲也扯着破锣般尖锐的嗓子开始告状，说儿媳妇（也就是孩子他妈）溺爱孩子，孩子就和猫一样，越是宠爱就越不像话。

菊次问老母亲到底为什么事吵得这么凶，原来是因为吃中饭的时候清造掉了两个饭粒下来，被奶奶看到了，于是就说："你这样子是要遭报应的，赶紧捡起来吃掉。"清造说饭粒已经沾上了灰尘，太恶心了，所以无论如何也不肯吃，然后还把那两个饭粒揉进了席子缝里。于是奶奶就生气了，用火钳子把清造打了一顿，还把他赶出去了。

"奶奶也太过分了。怎么能让孩子吃掉在席子缝里沾了尘土的饭粒呢？"妻子像是控诉般地对菊次说。

"沾点儿尘土，有点儿沙子，就不能吃了吗？有饭吃就应该知足啦，糟蹋粮食是要遭报应的啊！"老母亲一边吧嗒着大嘴巴，一边吵嚷着。

菊次虽然只是默默地听着，但心里却对母亲非常生气。一上了年纪就倚老卖老，不管什么事都要怪到儿媳妇身上，真是个讨厌的老太婆啊！他觉得传说中的那种刻薄老太婆，说的就是自己母亲这种老太太。

于是菊次忍不住开口说道："不就两个饭粒嘛，怎么就扯到遭报应上了呢？"

老母亲一听儿子居然说出这样的话，仿佛听到了什么了不得的事情一样，带着一副非常吃惊的表情认真盯着他看了一会儿，然后问道："你是不是觉得不把粮食当回事儿也不会遭报应啊？"

菊次断定地说："是啊，我觉得不会。我有证据，上次我和云华寺的和尚都用脚踢白米来着，但是好像也没遭什么报应啊！我和云华寺的和尚都没有啊！"

听了这句话，年迈的老母亲的脸上顿时失去了血色。

"你，你说的是收初穗那天的事儿吗？"老母亲声音颤抖地问道。

"对，没错。"菊次用开玩笑的口吻回答道。

老母亲的喉咙里呼噜呼噜地响着，过了好一会儿，才勉强喘了一口气上来，然后仿佛从嗓子眼里挤出来似的问道："你用哪只脚踢的？"

"用这只脚。"菊次说着，满不在乎地把脚伸到母亲膝盖前给她看。

母亲面无血色，盯着菊次的脚看，然后仿佛在念咒语似的低声说道："你真不怕遭到报应吗？"

"哪里有什么报应啊！我跟和尚都踢了白米。要是遭报应的话，这只脚肯定会疼的，但是它一点也不疼。"

"你真的一点都不怕遭报应啊？"母亲又像是念咒语似的说道。

"根本不会遭报应。一点也不疼……"

菊次的话音未落，就觉得自己的脚好像被什么东西刺了一样开始刺痛，不过，他还以为是心理作用，于是又说道："一点也不疼……"

话刚一出口，脚上就像是触电了一般，一阵刺痛在整个脚上乱窜，比刚才疼了几十倍。

怎么会有这种事，菊次心里想着，勉强忍着，又说道："可恶，一点也不……"

刚说完，这回脚上就像是被锥子之类的东西扎了一般刺骨疼痛，他已经无法忍受了，一边抱着脚一边大叫起来："啊，好疼好疼，嘶——"

"看看，看看。我说的没错吧，遭报应了吧！"老母亲说的话被验证了，这下说明自己是对的了，她很得意，觉得自己胜利了，但是，她很快又反应过来了，现在还不是炫耀自己胜利的时候。她最疼爱的儿子正抱着脚疼得难受呢！

然后，菊次一家从上到下都开始忙乱起来。为了帮助菊次缓解脚的疼痛，大家一会儿把毛巾泡在热水里弄热了给他敷脚，一会儿用热水将芥末粉调成糊状，给他涂在脚上看看效果；一会儿又把蚕豆放在他膝盖下方用力按摩当作针灸。随后，又将老茄子蒸熟了，切成两半，趁热贴在脚上，反正就这样，把贫寒农民家庭所知道的、所能做的各种土办法都用了一遍。最后又想到一个妙招：在稻秸上吐上唾沫，然后贴在他额头上。这是腿麻时用的一种类似巫术的方法。

然而用尽了各种办法，却没有一个管用。

菊次已经没办法走路了，终日抱着疼痛的脚躺在床上翻来覆去，痛苦呻吟。这下，菊次终于明白了，踩踏粮食，把米踢得到处都是真的是会遭报应的，于是菊次哀叹道："这

回是真的遭报应了。"

然后,他也深切地反省了自己的行为,认真思考为了生产一粒米,农民们要流多少汗,要付出多少辛勤劳动。自己踩踏如此珍贵的米,遭了天谴而导致脚疼,是理所当然的事。

三

人即使遭遇了不幸,但如果有朋友陪伴,也会稍微感觉心里有些安慰的,不会感到那么孤单害怕了。菊次也暗自在想,又不光是自己踩踏了米,云华寺的和尚也和自己是一样的,所以也就觉得脚疼没那么难以忍受了。

菊次在心中默默地想着,现在和尚是不是也像自己一样开始脚疼了呢?

两三天就这么过去了。躺在床上的菊次听到一点儿动静就问妻子:"刚才我好像听到有人走上云华寺的石头台阶了,是不是医生去了啊?"

在走廊被太阳晒得暖洋洋的，又没有风的白天，他就呆呆地坐在那里，亲自盯着云华寺的门。内心在偷偷地期待着，和尚夫人①或者小和尚会不会刚好出来去请医生呢？

所以，每当寺庙门内突然传来吵闹声时，他就会想，看吧，和尚的脚开始疼了，此时菊次就会忘记了自己脚的疼痛，马上站起来，而且还会踮着脚尖朝那边张望。当发现不过是附近的野狗在寺内打架时，菊次就会觉得非常失望。

第二天早上，期盼了许久的小和尚终于从门里面走了出来，可是小和尚不是去请医生，而是把四个斗大的灯笼挂在了大门的檐下。上面还写着报恩法会，原来今天报恩法会就正式开始了。

菊次知道，在报恩法会上，和尚会登上佛堂的讲坛宣讲佛法。菊次心想，只要仔细观察一下和尚上下讲坛时的样子，就能知道和尚的脚到底是个怎么样的情形了。这么想着，菊次决定到报恩法会上去看看。

参拜者陆陆续续地来了。来参加这种活动的参拜者大多数都是腰都直不起来的老人。老人们都拄着拐杖，腰弯得下巴都快碰到地面了。云华寺门前的石阶并不算很高，但是这些老人都要休息三四次才能爬完，因此，虽然菊次拄着拐杖，拖着疼痛的脚，慢腾腾往上爬，却也没有引起别人的注意。

进入佛堂后，菊次坐在了经过仔细打磨的油光锃亮的粗柱子后面。因为菊次并不喜欢听和尚讲佛法，他来这里只是想仔细观察一下和尚脚的情况而已。想要偷偷观察别人的人肯定会觉得没那么光明正大，所以通常都会找个地方把自己隐藏起来。

不久，和尚身穿土黄色的漂亮袈裟，从佛堂旁边的入口处走了进来，然后朝着供奉着佛像的房间走去，身上的袈裟发出了上等布料摩擦的沙沙声，走路时一点也看不出来有跛脚的样子。和尚先是对着佛像庄重虔诚地双手合十行礼，然后来到明亮的大厅，轻松地爬到了三尺高的讲坛上坐下，丝毫看不出有任何痛苦的样子。

从和尚一现身就在暗中观察的菊次觉得很失望——哎呀哎呀，和尚的脚看上去什么毛

---

① 明治五年，日本发布了《肉食妻带的解禁》令，作为僧侣，肉食结婚都是自愿的事情，没必要当苦行僧。

病也没有啊！看来只有我一个人遭到了惩罚啊！

和尚一登上讲坛，下面的老爷爷、老奶奶们就开始祈祷，一时间整个佛堂里传来了各种低沉的"南无阿弥陀佛""南无阿弥陀佛"的声音，宛如草丛中的风声一般。菊次也不由得被影响着加入了进来，开始低声念起"南无阿弥陀佛"来。身披着土黄色袈裟的和尚登上讲坛坐下来，看上去仿佛佛祖的使者一般，是那么庄严肃穆，令人感动。这样一位令人尊敬的和尚竟然在喝醉酒后用脚踩踏粮食，实在是难以想象的事。

首先，和尚缓缓地环视了佛堂一周，然后用大得吓人的声音使劲地咳嗽了两声，清了清嗓子。那动静仿佛老虎咆哮了两声一般。佛堂里的老爷爷老奶奶们好像见了阎王爷似的，把本来就弯着的腰背更加用力向前弯了下去，嘴里不停地小声念着"南无阿弥陀佛""南无阿弥陀佛"。

然后和尚缓缓地开口说道："各位老人家，你们虔心向佛，佛祖必保佑你们。"

接着开始正式宣讲佛法。

宣讲持续了很长时间。和尚使劲儿扯着嗓子，大声地谈论着地狱啦，极乐世界呀，佛祖啊什么的。说到关键点的时候，和尚会用手啪啪拍打讲台，两眼瞪得像螃蟹眼一样，都快爆出来了，张着大嘴仿佛要把台子下正对着他的老人们给吞下去似的大声疾呼着。说到佛祖时，声音又仿佛吃了糖一般甜蜜，把"感恩"两字拖得长长的："感——恩——哦。"那声音听起来实在是太带有感恩的心情了，每当这时候，下面的老人们都会感动得再次念起佛来。

菊次躲在柱子后面，一边偷偷地观察着和尚，一边又为和尚的话而感到气愤，感觉自己上了当。菊次心里暗想，无论和尚再怎么做出一副令人钦佩的样子，再怎么说着冠冕堂皇的大道理，都只不过是嘴上说说罢了，我可明白和尚的真正为人到底如何。

但是，和尚又接着说道："儿媳妇和年纪大的人吵架，各位老人家，这些事你们都经常听说吧，我告诉你们，那不是儿媳妇不好，是你们这些上了年纪的人不对啊！不管再怎么吃斋念佛，欺负儿媳妇的老人都是去不了极乐世界的。"

对于这番话，菊次也是深表认同的。他想，我真想让我的母亲也听听这番话啊！她今天早晨代替腿脚不好的自己到前山麦田那边踩麦苗①去了。

紧接着和尚又开始说不管什么东西都要珍惜，不可以浪费。他是这么说的："佛祖无处不在，一根蜡烛、一张纸、一滴头油、一粒米、一颗麦子这些东西虽然微小，却都有佛祖在里面啊！即使只浪费了一张纸，那也是对佛祖的大不敬啊！哪怕只是丢弃一粒米，也是会受到相应的惩罚的。"

和尚说的这些，菊次也是深以为然的。自己那只踩过米的脚，现在还痛着呢！不过即便如此，菊次还是心里很愤愤不平的，和尚还真会装傻啊，居然像没事人似的在这儿高谈阔论。他怎么就没有受到惩罚呢……

看着和尚那又肥又粗的脖子和那张满是汗水闪着油光的脸，菊次心想：这个人的运气也太好了，做了那么坏的事，还能佯装不知，在众人面前满不在乎地说大话，而且居然丝毫没有破绽。菊次觉得上天真是太不公平了，老天爷真是不开眼啊，居然把他给漏了。

菊次再也没有心情听下去了，于是，就拄着拐杖回家了。

菊次一想到一起干坏事的同伙里只有自己遭遇了不幸，就莫名感到一阵失落和寂寞。并且因为只有自己受了惩罚而恼火，开始埋怨上天。

到了吃晚饭的时候，菊次终于忍不住了，说道："怎么会有这么蠢的事儿呢？真是太让人受不了了。凭什么和尚和我做了同样的事，却只有我的脚疼，和尚还在那儿活蹦乱跳的呢？老天爷你是糊涂了，还是眼神不好啊？"

听了这话，老母亲把筷子和端着的饭碗都放下了，说道："你胡说八道什么呢？自己做了坏事，还要怨老天爷不公平吗？你在这儿发牢骚，埋怨上天，根本一点儿用也没有。"

那天晚上，吹熄了灯火后，黑暗中，菊次一直不能入睡，他长久地、默默地在黑暗中瞪着眼睛。

---

① 踩麦苗：在冬季，踩麦苗的作用是通过人为踩踏，使麦苗地上部分受伤，从而抑制麦苗生长，促进地下根部的生长，以达到壮根壮苗的目的。

菊次的眼前出现了黑色的土地,那上面散落着一把白色的东西,那是撒出来的米,是非常宝贵的米。

看着那撒在地上的米的幻象,突然之间,菊次明白了为什么只有自己受到了惩罚。

菊次是农民。正因为是农民,所以他知道要得到这些米需要付出多少的辛苦劳动,而且,他也知道那付出了辛勤劳动的白米是多么的好吃,也就是说,他很清楚米的价值,真正的价值。正因为如此,菊次用脚踩了米,才会受到这样的惩罚,然而,和尚不是农民。虽然嘴上说着米是宝贵的东西,但是因为没有亲自种过米,所以他既不知道种米的辛苦,也不知道米的真正的美味之处,所以,他是不知道而为之,即使践踏了米,也不会受到惩罚吧。

菊次一旦明白了其中的道理,也就不再怨天尤人了,反而觉得应该向上天表示感谢。因为自己真的知道了米的宝贵之处。而和尚从出生到现在,还没有了解到米的真正价值是什么。

如果是这样的话,因为受到惩罚而脚疼也就没什么值得悲伤的必要了。这不正是菊次知道了米的真正价值的证据吗?

"我错了,我真的知道自己错了……"

黑暗之中菊次给出现在眼前的白米的幻影道歉了,给那个拖着跛脚、气喘吁吁追上坡道来给他们送上那一碗大米的农民道歉了。向着上天道歉,向着土地道歉,然后向着母亲道歉,也向着十五年前去世的父亲道歉了。他在心里给所有人都道歉了。

结果第二天早上,菊次发现脚的疼痛消失了。只是像中过风的人一样,脚上一点力气也没有,所以走路的时候必须拖着那只脚走,但仅仅能够让那只脚上的疼痛都彻底消失这一件事,就足以使菊次无数次地向上天表达感谢之情了。菊次仿佛得到了重生一般,再次拥有了一颗美丽的心。

第二天,菊次让老母亲留在家里,自己到前山踩麦苗去了。

四

自那件事以后，菊次又生活了四十年。在那期间，国家也发生了很多变化。明治维新后，人们把绑在脑后的发髻都剪掉了。再看看马路上，原来让人乘坐的轿子没有了，现在都是人力车跑来跑去，但是，菊次仍然是那个贫穷的农民，而且那只走路不方便的脚也依然如故。

拖着跛脚度过了漫长的一生，辛勤劳动，渐渐老去，皱纹渐渐加深，终于在某年的五月三日下午，菊次死了。

说来也巧，在同一天的上午，和菊次有着很深缘分的云华寺的和尚也死了。就像菊次一直所认为的那样，和尚的确是个运气非常好的人，他并没有跛脚，一直都很健康，总是满脸汗水，满面红光地带着酒气念经，就在他寿数到了，临死前的那天晚上还喝了一升多酒，死的时候也没有任何痛苦，很快就咽气了。

好啦，这个故事的前半段讲完了。虽然前面我讲得眉飞色舞，热火朝天，但是后面的故事我却有点不想讲下去。因为我觉得你们不会相信我说的话。如果只是不相信我倒也没什么，我是担心你们会笑出来，并且说我是瞎编呢！但是，毕竟故事还没有讲完，所以我也不能就此结束。

……菊次在路上走着。

那是一条很长很长的路，路两边盛开着紫色的菖蒲花。菊次已经走了很久了，但是这条路仿佛没有尽头。不经意中，他转身一看，来时的路已经被紫色的菖蒲花占满了，越往远处越狭窄，一直消失在乳黄色的雾霭中，而且将要走过去的前方的路同样也是这般景象，最后消失在乳黄色的雾霭中。这真是一条奇怪的路啊，菊次一边想着一边往前走。

温暖的阳光照射下来，但是，太阳在哪里呢？菊次就像以前在田地里干活肚子饿了的时候一样，擦着汗抬起头来向天上看，但是天上哪里都看不到太阳的影子。只是有光线照射过来，让人觉得温暖而心情舒畅。他想看看自己的影子，但是却连一点影子都没有，菊次觉得非常吃惊，不过，他还是一边安慰着自己一边走着，说："入乡随俗，随遇而安吧！"

菊次注意到自己的脚还是跛的，于是自言自语道："我应该已经死了啊，但是跛脚怎么和活着的时候一样呢，怎么一点儿都没变呢？"他觉得这件事挺不可理解的。

又走了一会儿，菊次突然发现前方有一个人影，好像正坐在路旁的石头上等着菊次一样。菊次心想："要是能有同伴就太好了。"于是他开始快步走起来，拖着的跛脚发出了很吵的声响。

走近一看，原来是云华寺的和尚。和尚睡眼惺忪地看着菊次说道："你听，那边有水流的声音，菊次啊，你快去多给我打点儿水来。我昨天晚上酒喝得太多了，现在脑袋还昏沉沉的呢！"

菊次嘴里说着好的，好的，一边循着声音去寻找泉水。和世上常见的那种路边泉眼一样，这个泉眼的旁边也放着一个小勺子。如果从这条路经过的人口渴了，就可以喝口泉水润润喉咙再赶路了。

菊次打来泉水，和尚咕咚咕咚地喝完泉水，两个人又继续往前走。

"和尚大人，我觉得这件事很奇怪很奇怪。"菊次开口说道。

"什么事？"

"这条路两旁怎么到处都长着菖蒲花，连尽头都看不见。"

"嗯。"

"这件事我怎么都想不明白，如果是去佛祖家的路的话，为什么要种这么多菖蒲花呢，不是应该种点莲花吗？"

"你胡说八道什么。"和尚说道，脸上仍然是一副睡眼惺忪的样子。

"啊，我说错话了。"菊次一脸歉意地说道。

过了一会儿，菊次又说道："我从还是个孩子的时候起，就怎么都分不清菖蒲花、水菖蒲花和燕子花，这到底是怎么回事呢？"

"你活了多大岁数啊？"

"嗯，我活了七十三岁。"

"七十三岁，也就是说，你在人世活了七十三年啊！"

"啊！"

"而且到现在居然还分不清菖蒲花、水菖蒲花和燕子花。"

"诶！"

"因为你是个笨蛋。"

"啊，啊？是吗？"

菊次心想，刚才不提这件事就好了。

菊次决定不再说话了，紧闭着嘴默默朝前走，只有脚拖动的声音，哧哧地划着地面响。

于是和尚皱了皱眉头，说道："吵死了，你就不能把脚抬起来走路吗？让你拖得周围都是尘土。"

"啊，实在太抱歉了。我一定尽量抬起脚来走路。"菊次痛苦地道歉道。

"咱们这是要走到哪里去啊？"过了一会儿，菊次又问道，"肯定要到阎王爷那里走一趟吧？"

"嗯。"

"我跟和尚大人您不一样，一到了大人物面前我就说不出话来了。到了阎王爷那儿，还请您给我美言几句。"

"嗯。好吧，我尽力而为。不过你活着的时候可很少来寺院参拜啊！"

"诶？"

"也很少奉献米和钱吧！"

"啊，因为我实在太穷了啊，平时忙着干活过日子，连去寺庙参拜的时间都没有，也没有钱和米献给寺庙。"

"你不要找借口了。"

"实在是太抱歉了。"菊次不得不赶紧再次道歉。

"如果在人世间做了不好的事，肯定是要去地狱之类的地方的吧！"过了一会儿，菊次又忍不住问道。

"那是肯定的啦！"和尚嘴里喷着酒气，冷淡地回答道。

于是菊次就开始努力回忆在世时做过的各种事。结果，从用脚践踏大米开始，菊次想到了自己做过的各种坏事。比如说，让后来的舞狮的孩子们表演了各种各样的技能之后，因为自己刚好没带钱，结果让孩子们追着跑了很远；还有从地里干活回来的时候在土桥下捡到一只小猫，但是一想到猫是活物，是要吃东西的，于是就又把它扔到了原来的土桥下，等等，诸如此类。

于是，和尚也笑着回忆起自己做过的事情来。可能是因为和尚喝了酒，脑袋还是稀里糊涂的，怎么也想不起来和菊次一起踩过大米的事。而且和尚能想到的都是好事，说得连菊次都不由得佩服，不愧是和尚啊，这一辈子过得真是堂堂正正啊！

菊次不由得觉得自己很可怜，再这么下去，自己肯定没办法陪和尚一起去极乐世界了。

"我说，菊次啊，你把脚抬起来一点啊，看你弄得尘土飞扬的。"和尚又说道。

"啊，真是抱歉啊！"菊次一边擦着汗，一边赶紧低头道歉。

"不过，和尚大人你的一只脚也在地上拖着走呢！"菊次先生补充了一句。

的确如此，从刚才开始和尚的一只脚也一直在地上拖着走路。

"你这么一说我才发现，这只脚好像有点儿疼啊！"和尚皱起眉头说道。

过了一会儿，和尚的脚疼得越来越厉害了。

"和尚大人，请让我背你走吧！我虽然上了年纪，不过背一两个和尚还是没问题的！"菊次把自己脚疼的事给忘了，蹲在了和尚的前面。

于是和尚也就不客气了，趴在菊次的背上让他背着走。

加上和尚的重量后，菊次走得很吃力，只能跟跟跄跄地往前走着。

不久，对面过来了一辆人力车。

"哈哈，来接我们啦。太好啦太好啦，橡胶轮的人力车来啦。"和尚高兴地说道。

"我是来接您的。"拉人力车的男子说道,然后问,"请问五月三日下午去世的是哪位啊?"

"是五月三日上午吧。我记得我好像是在中午前死的。"和尚说道。

"不,我听说的是五月三日下午。住在云华寺门前的是哪一位啊?"人力车夫问道。

"是住在云华寺门里的那一位吗?"菊次问道。

"不是,我记得听到的是云华寺门前。"人力车夫歪着脑袋想着。

"你肯定是把门里听成了门前了。"和尚说着就要坐到车上。

"怎么会有那种事呢?"人力车夫感到很困惑,脑袋又歪向了另一边。

"就不能来一个记性好点儿的吗?"和尚训斥了人力车夫一句,然后扑通一声坐到了车上。

人力车夫没办法,抓起长长的车把开始拉着车往前走。

菊次拖着跛脚跟在人力车的后面走着。

终于来到了一个路口,在这里路分成了左右两条,又有一个人站在那里。

人力车一来到身旁,那人就问坐在人力车上的和尚:"你是农民菊次吗?"

"不,我是云华寺的和尚。跟在后面那个才是农民菊次。"和尚回答道。

"那就搞错了。请和尚从车上下来。菊次先生请上车。"

和尚一听就火了:"我的脚疼得厉害,你觉得我这样还能走路吗?"

"我是个农民,走多少路都不要紧。让我坐人力车这种东西,我会觉得不舒服的,还是让和尚坐吧。"菊次也请求道。

没办法,站在岔路口的人只好勉强答应了,但是,他说:"菊次先生请走右边的路,和尚请走左边的路。"

菊次心想,那可不行,他赶紧说道:"我在世的时候总是陪着和尚的。五十年间,每次收米初穗和麦初穗我都一次不落地跟着,请让我跟着和尚吧!"

但是,不管菊次怎么请求,那人就是不肯通融。

"只能这样了吗？"菊次垂头丧气地说道，"仔细想想，我这辈子都在做坏事，连一段经文都没有好好念过，所以我也不能跟一辈子都追随着佛祖的和尚到同一个地方啊！"

于是，菊次与和尚分开了——菊次走右边的路，坐在人力车上的和尚朝着左边的路去了。

和尚坐在人力车上晃动着。过了一会儿，他回头看过去，心想：菊次这个傻瓜肯定还在恋恋不舍地看着这边吧。

这一看不要紧，和尚不由得大吃一惊，瞪大了眼睛。

无精打采地朝着对面慢慢走去的菊次，身体散发着金色的光芒。菊次已经不再跛脚了，走路的样子也不像一个老年人。菊次像极了画上或者雕刻上常见的佛祖的样子。和尚不由得朝着那背影双手合十。

"啊！"和尚叹了口气。

"现在我终于明白了。那条路才是通往极乐世界的路啊，这条路是通向地狱的路……"

菊次前进方向的那片天空，笼罩在一片美丽的珍珠色光芒之中。

和尚再看看自己所要去的方向，只见那边暴风骤雨、乌云滚滚，里面还夹杂着游走的闪电。

……和尚的一只脚又开始疼起来了。

音乐钟

那是二月的一天,原野上那条寂静的路上,一个十二三岁的少年和一个夹着皮包的三十四五岁的男子正朝同一个方向走着。

这天风和日丽，非常温暖，霜已经融化了，路上湿漉漉的。

两个人的影子落在路边的枯草上，惊得正在草地上玩耍的乌鸦慌忙飞了起来，朝堤坝的另一边飞去，耀眼的阳光照射在乌鸦黑色的后背上，闪出一道黑色的亮光。

"小朋友，你一个人要去哪里啊？"男子和少年搭话道。

少年把塞在口袋里的手前后晃动了两三下，脸上浮现出和蔼可亲的笑容，说道："进城去啊！"

男子似乎觉得这是一个不怎么害羞，也不怎么怕生人的纯真少年。

于是就和他聊了起来。

"小朋友，你叫什么名字啊？"

"我叫阿廉。"

"阿怜？是怜平吗？"

"不对。"少年摇了摇头。

"那是联一吗？"

"不是的，叔叔。我的名字只有一个'廉'字。"

"嗯！那个字怎么写的啊？是'连络'的'连'吗？"

"不是。一点一横一瞥，下面再两点……"

"好难啊！叔叔可不认识那么复杂的字。"

于是少年就捡了一根树枝，在地上写了个大大的"廉"字。

"唉，果然是个很难写的字。"

两个人继续往前走。

"叔叔，这个字是'清廉洁白'的'廉'。"

"什么？'清廉洁白'是什么意思啊？"

"所谓'清廉洁白'，就是人品端正，不做任何坏事的意思，所以不管是到神的面前，还是被警察抓住，都可以堂堂正正地面对，一点也不用害怕。"

"哦，连被警察抓住都不害怕吗？"

说到这儿，男人不由得哑然失笑。

"叔叔，你的大衣口袋好大啊！"

"嗯，那是因为大人的大衣大，所以口袋也大。"

"暖和吗？"

"口袋里面吗？这个嘛，当然暖和啦，热乎乎的哦，就像装了一个小火炉一样。"

"我能把手放进去吗？"

"你这个小孩怎么说话这么奇怪。"

男人笑了起来。但是，还真就是有这样的少年，特别的自来熟，和别人稍微熟悉一点之后，如果不接触对方的身体，不把手放进人家口袋里试试，就不肯罢休。

"你可以放进来试试哦！"

于是少年把手伸到了男子外套的口袋里。

"什么啊，一点都不暖和啊！"

"哈哈，是吗？"

"我们老师的口袋比你的暖和多了。早上我们到学校的时候，都会轮流把手放到老师的口袋里取暖，就是我们的山木老师。"

"是吗？"

"叔叔，你的口袋里是不是装了一个又硬又冷的东西啊？是什么啊？"

"你觉得是什么呢？"

"应该是金属的……好大啊……上面感觉还有个像按钮一样的东西呢！"

突然，从男人的口袋里传来了美妙的音乐声，两人都大吃了一惊。男子慌忙一把捂住了口袋，但是，音乐并没有停下来。男子赶紧环顾了一下四周，发现周围除少年外并没有其他人，这才松了一口气。音乐还在继续响着，仿佛小鸟在天国里歌唱般美妙动听。

"大叔，我知道啦，是音乐钟吧？"

"嗯，是音乐钟。因为你碰到了开关，所以它开始唱歌了。"

"我最喜欢这个音乐了。"

"是吗，你也知道这个音乐吗？"

"嗯。叔叔，你能把它从口袋里拿出来给我看看吗？"

"不用拿出来也能听啊。"

这时，音乐结束了。

"叔叔，可以让它再唱一次吗？"

"嗯，没有别人听到吧。"

"叔叔，你为什么总是东张西望啊？"

"因为，要是被别人听到，肯定会觉得很奇怪吧！一个大人居然在摆弄这种小孩子的玩具。"

"那倒也是。"

于是，男子的口袋又开始唱起歌来。

两个人一边听着音乐，一边默默地走着。

"叔叔，你总是带着这样的东西走路吗？"

"嗯，你是不是觉得很奇怪啊？"

"是挺奇怪的。"

"为什么啊？"

"我经常去一家药店里玩，药店大叔那里也有音乐钟，不过他把它当宝贝，一直放在药店的橱柜里。"

"哦，小朋友，你经常去那个药店里玩啊？"

"嗯，我经常去啊，那是我家亲戚开的。叔叔你也知道那家药店吗？"

"嗯……我，也稍微知道一点儿。"

"那家药店的大叔很爱惜音乐钟，从来都不让我们这些孩子碰……哎呀，又停了。能让它再唱一次吗？"

"你怎么没完没了啊！"

"就再唱最后一次嘛。好不好，叔叔，拜托啦，拜托啦，啊，它开始唱啦！"

"你这家伙，自己把它弄响了，现在还这么说，真狡猾啊！"

"不是我弄的。我的手就稍微碰了一下，它就响起来了。"

"好啦，别装啦。这么说，你经常到那家药店去啊？"

"嗯，那里离我家很近，所以经常去玩。我和那个药店大叔是好朋友。"

"是吗？"

"但是，药店大叔很少把音乐钟弄响给我听。每次它一响，药店大叔就会露出一副很寂寞的神情。"

"为什么啊？"

"药店大叔说，不知道什么原因，他一听到音乐钟的声音就会想起周作。"

"啊……什么？"

"周作啊,是药店大叔的儿子。他成了不良少年,一从学校毕业就不知跑到哪里去了。据说是很久以前的事了。"

"那个药店大叔,对于他那个……叫周作的儿子,有没有说过什么啊?"

"他说过,说那家伙真是一个笨蛋啊!"

"这样啊!没错啊,这种人,肯定是笨蛋。哎呀,又停了啊!小朋友,你可以让它再响一次。"

"真的吗?……啊,这声音真好听啊!我妹妹秋子非常喜欢音乐钟,她在死之前,哭着嚷着,非要再听一次音乐钟的声音,所以我就跑到药店,从药店大叔那里把音乐钟借来给她听。"

"……你妹妹死了吗?"

"嗯,前年过节前死的。就埋在林子里爷爷的墓旁边。我爸爸从川原捡来一块这么大的圆石头立在那里,就是秋子的坟墓,她还是个孩子呢!忌日的时候,我都会去药店把音乐钟借来,在林子里放音乐给秋子听。在林子里响起来时,声音特别清脆,就像秋风一样凉爽。"

"哦……"

走着走着,两个人来到了一个大池塘的旁边。在靠近对岸的地方,可以看到两三只黑色的水鸟浮在水面上。看到这一幕,少年把手从男子的口袋里抽了出来,双手拍着巴掌唱了起来:

"水鸟,水鸟,

给你吃团子,

快点儿水里钻。"

听了少年唱的儿歌,男子说道:"现在还有人唱这个儿歌啊?"

"嗯,叔叔也知道这首歌吗?"

"叔叔小时候也是这么唱儿歌,逗水鸟玩的。"

"叔叔小时候也经常走这条路吗?"

"嗯,我那时候在镇上的中学上学。"

"叔叔,你还会回来吗?"

"这个嘛……我也不知道呢。"

两个人走到了一条岔路口。

"小朋友,你走哪一边啊?"

"这边。"

"这样啊,那咱们就再会吧!"

"再见!"

少年把手插在自己的口袋里,一个人蹦蹦跳跳地朝着那条路走去了。

"小朋友……你等一下。"

从背后传来了男子的呼唤声。少年扑通一声立定站住,然后回头一看,只见他在后面不停向自己招手,于是他又折了回来。

"你等一下,小朋友。"

等到少年来到了自己身边,男子露出了一副有些不好意思的表情。

"其实,小朋友,是这么回事,叔叔昨天晚上就住在那家药店。但是今天早上出来的时候,因为走得太急了,所以搞错了,把药店的音乐钟给带出来了。"

"……"

"小朋友,不好意思,我一不小心弄错了,把音乐钟还有这个东西(说着从外套里层的口袋里拿出一个小怀表来)都给拿出来了,你能帮我把它们还给药店大叔吗?拜托了,帮帮忙吧,好不好?"

"嗯!"

少年双手接过了音乐钟和小怀表。

"那就拜托你帮我把它们还给药店大叔吧!再见!"

"再见！"

"小朋友，你叫什么名字来着？"

"'清廉洁白'的'廉'。"

"嗯，知道啦，小朋友，你就是那个清廉……什么来着。"

"洁白哦！"

"嗯，是洁白，必须这样才行哦！你长大了也一定要成为一个清廉洁白、品行端正的人啊！好啦，这次真的要告别啦！"

"再见！"

少年双手捧着两样东西，目送男子走远了。男子的身影越来越小，不久就消失在远处的稻草堆后。少年也迈开步继续赶路。他一边走一边思索，总觉得有些奇怪的地方。

走了一会儿，少年的身后驶来一辆自行车。

"啊，药店大叔。"

"哦，阿廉，是你啊！"

上了年纪的大叔从自行车上下来了，他脖子上围着围巾，一直遮到嘴巴的位置。下了车，他先是猛地咳嗽了起来，好半天都说不出话来。咳嗽声就像冬天夜晚吹拂着枯木的风声一样，咻咻地响着。

"阿廉，你是从村子里走到这儿的吗？"

"嗯。"

"那你有没有看到一个从村里出来的男子，他有没有朝这边走？"

"他刚才还跟我在一起呢！"

"啊，那、那块表，怎么在你手里……"

老人的目光停留在了少年手里拿着的音乐钟和怀表上。

"那个人说，这是他从大叔你家里拿出来的，让我帮他还给你呢！"

"他说让你还给我？"

"嗯。"

"这样啊！那个傻瓜！"

"啊？他是谁啊？大叔。"

"他呀。"老人说到这儿，不由得长叹了一声。"他就是我们家的周作。"

"诶？真的吗？"

"十几年没见了，昨天他突然回到家里来了。虽然那么久以来他一直干坏事，但他说这次一定要改过自新，一定会到镇上的工厂里认真工作，所以我就留他住了一晚上。结果，今天早上，我一个不留神，他的坏毛病又犯了，偷偷拿了音乐钟和怀表就出门了。那个败家子啊！"

"大叔，可是，我听他说他是不小心拿错了，才带出来的。他并没有打算真的据为己有哦！他还对我说，做人一定要品行端正呢！"

"是吗？他说了这样的话？"

少年把音乐钟和怀表递给了老人。接过表的时候，老人的手颤抖着，刚好碰在了音乐钟的开关上，于是，音乐钟又唱起了优美动听的歌。

老人、少年，以及那辆停在一边的自行车，在广袤寂静的荒野上投下了长长的影子，一起安静地聆听着悦耳的音乐，老人的眼里噙满了泪水。

少年把目光从老人身上移开，望向远方刚才那个男子消失之处的稻草堆。

原野的尽头，飘过来一朵洁白的云。

铁匠的儿子

这是一个永远跟不上时代步伐、远离海岸、位于斜坡上的落后小镇。

这里街道狭窄,无论什么时候都是黑乎乎、脏兮兮的,街道两旁的房屋密密麻麻地紧挨在一起,房檐上的白灰暴露在微弱的阳光下,路上的行人中大部分都意识不到太阳的存在,而且好像都已经麻木了。

新次是一个生长在铁匠家里的少年,是由酒鬼爸爸抚养长大的,母亲在他幼年时就去世了。新次虽然有一个哥哥,但却是一个傻子,已经老大不小了,还穿着小孩子一样的衣裳,整天跟附近的孩子们一起玩耍。哥哥的名字叫马右卫门,可是从来没有人喊他的名字马右卫门,都管他叫"马"。

"马,你乖不乖?"

"乖。"

"你想当什么?"

"我想当将军。"

每当望着被小男孩们嘲笑却浑然不知、还在认真回答的哥哥,新次就觉得很心酸。哥

哥的衣服经常脏兮兮的。因为总是被小男孩们欺骗掉进沟里，每当这种时候，新次就得给他洗衣服。

"哥哥！"虽然知道即使自己这么叫，马右卫门也不会回答（只有在别人喊他"马"的时候，马右卫门才会答应一声），但新次还是常常这么呼唤他。看着没有任何反应的傻哥哥，新次心里多么渴望有一个他喊一声"哥哥"就能回答的哥哥啊！

新次去年小学毕业了，现在在帮爸爸干活儿，同时，还必须承担一个主妇应做的所有家务。他总是一边干活儿一边想着家里那些灰暗辛酸的事情。

当他做完家务，钻进冷冰冰的被子里时，常常会这样想——

要是妈妈还活着就好了；要是马右卫门再懂事一点，能帮爸爸握铁锤就好了；要是爸爸能少喝点儿酒就好了……

不过很快他又像是否定自己的想法似的，一个人笑了：如果这些事情都能实现，那世上的人不就都能变得幸福了吗？

爸爸成了一个彻彻底底的酒鬼。即使在干活儿的时候，也会突然摇摇晃晃地跑出去，不一会儿又脸色青白，两眼发直地回来。他越喝脸色越青，越喝眼睛越混浊——这已经成了他的一个毛病。就连被邀请参加葬礼之类的活动时，他也会毫不顾忌地大口喝酒，然后冲着处于悲伤中的人们乱说。渐渐地，都没有人愿意邀请他去喝酒了。爸爸已经是一个年近六十岁的老人了，个子出奇的高大。每次喝醉了就倒头大睡，睡着的时候连鼾声都没有，寂静得像是死掉了一般，醒过来后还会抽抽搭搭地哭泣。每当这时，新次的心情就会更加忧伤沉闷。

学校的年轻老师曾经来新次家里家访过一次，曾劝过爸爸喝酒伤身，不要再喝酒了。

他却说："酒是毒品，毒性很大，一点儿都不好喝，苦得要命，我也想戒掉的，但是就是戒不了。"说完，发出了一阵空虚的哈哈大笑声。

马右卫门忽然回来了，抽出一根做铁栅栏用的粗铁棍，一声不吭地插进了火里。正在一个人埋头干活儿的新次觉得很不可思议，不过也没理会他。马右卫门开始砸起那根烧得通红的铁棍来了。每当挥动铁锤砸下去的一瞬间，他那晒得通红的脖子上的肌肉就会一收一缩的。新次欣喜地望着他，一种如同使劲儿拧一条湿毛巾般的快感瞬间传遍了全身。马右卫门的力气好大啊！真是好样儿的！力大无比啊！

"你要做什么？"

"大刀。"马右卫门流着口水说。

"大刀？你要做像大刀那样的东西吗？"

新次心中不由得涌起了一种失望的感觉。这种感觉就像原以为捡到了树上掉下来的一颗果子，结果却只不过是一个空壳而已。他突然想狠狠地揍他一顿，可怔怔地看了看马右卫门那粗壮的脖子后，还是作罢了。

为修建横跨镇子的电车道工程，镇子上来了许多朝鲜人，打铁的活计增多了，因此也为新次家增添了几分活力。

爸爸和新次都在拼命地干活儿，不过，爸爸依然嗜酒如命。

"爸爸，您少喝点吧，酒对身体不好，而且也影响干活儿啊！"新次对爸爸说道。

"没错，酒是有害，味道又苦，可是我就是戒不了，你小子可千万不能喝酒啊！"爸爸说道。

一天深夜，新次猛然醒来，睁开眼一看，昏暗的灯光下，马右卫门正在被煤烟熏黑了的神龛下喝酒。新次不禁打了一个寒战，那感觉简直就像发现了小偷一样。异常宁静的红色灯光中，马右卫门的喉咙在骨碌骨碌蠕动着。他的左手紧紧攥着一个酒壶，那是今晚爸爸因为觉得不舒服而没有喝完的酒。

"马卫！"

一直睡在新次旁边的爸爸，猛地抬起头来大喝一声。

马右卫门转过头来，他的脸喝得通红，依然张着那张合不拢的嘴。

爸爸的肩膀急剧地上下抖动着，呼吸急促，新次突然觉得爸爸好可怕。爸爸的眼睛死死地盯着傻里傻气的马右卫门，青筋暴露的手在不住地颤抖着。

"马卫，你也要喝酒了吗？"爸爸晃晃悠悠地站了起来，走近了马右卫门。

"你这个浑蛋！"爸爸叫喊着，从侧面啪地给了正嘻嘻傻笑的马右卫门一记耳光。马右卫门立刻停止了傻笑。爸爸痛苦的呼吸更加急促了。

他还想去打马右卫门，新次不顾一切地冲上去，拦住了爸爸。

"爸爸，马卫就是个傻子啊？您打他又有什么用呢？"

爸爸垂下了眼帘，用颤抖的声音说："嗯，是啊，马卫就是一个傻子啊！"说完，他又回到被窝，蒙上了被子。这么一闹腾，酒也洒光了。马右卫门也钻进被窝睡觉去了。新次赶紧简单收拾了一下才躺下，但是他怎么也无法入睡。

"新次！"爸爸小声叫了他一声。

"嗯！"

"我再也不喝酒了。"从被窝里传来了爸爸的声音。

爸爸真的再也不喝酒了。但是，不知是哪里不舒服，爸爸从此再也没有起过床。

新次只好独自一人挥起了铁锤。爸爸明显地憔悴下去了，然而因为他平时总是因为酗酒而得罪人，也没交下什么朋友，所以也没有一个人来看望他。

新次总是一边挥动着铁锤，一边想，爸爸会不会就这么死去啊？如果爸爸真的死了，我可怎么办啊！马右卫门又是个傻子——

新次买来了酒，坐在爸爸枕边，叫道："爸爸！"

爸爸动了动沉重的头，回答道："嗯！"

"我给您买了酒,您喝点儿吧!"

"你买酒了?新次,你为什么要买酒啊?"

爸爸的声音听上去有气无力的,虽然语气上是在训斥新次,可是眼里却闪动着泪花。

"爸爸,您就喝吧!"

新次悄悄离开了爸爸的枕边,跑到了作坊里,把脸贴在漆黑的柱子上,放声痛哭起来。

这是一个永远跟不上时代步伐、远离海岸、位于斜坡上的落后小镇。

丢失的一枚铜钱

麻雀捡到一枚铜钱。它高兴得不得了。

它对其他的麻雀说道:"我有钱啦!"

说着,就把嘴里叼着的一枚铜钱放在沙子上给大家看。

这时,太阳落山了,天渐渐暗了下来。

"哎呀,玩得有点晚啦!这可不得了。"

麻雀说着叼起这枚铜钱,急急忙忙地朝着水车小屋方向飞去。这只麻雀住在水车小屋的屋檐下。

但是因为太慌张了,在飞过田野,快到水车小屋的时候,麻雀的铜钱掉了下去。

"哎呀,这下可糟了。"

但是周围已经很暗了,麻雀的眼睛看不清楚了。

"明天早上再来找吧!"

说完,麻雀就回到了水车小屋屋檐下的窝里。

因为那天晚上特别冷,所以麻雀冻感冒了。

这也是没办法的事,因为那天晚上下了很大很大的雪。

麻雀因为感冒一直都没有好,所以每天都会把自己包在稻草里,还一直想着掉在地上的那枚铜钱。

又过了一段时间,麻雀的病好了,于是就去找那枚丢失的铜钱。

田野里还积着厚厚的雪。

"我的那个,我的那枚铜钱啊,你是不是在雪的下面啊?"麻雀站在雪的上面问道。

它听到积雪下面传来了一个声音:

没有没有,不在这里。

麻雀又来到了另外一个地方,问道:"我的那个,我的那枚铜钱啊,你是不是在雪的下面啊?"

积雪下面传来了回答声:

没有没有,不在这里。

麻雀四处询问。

终于,这次有一个声音回答道:"我在这里呢,我在这里呢,等雪融化了你再来吧!"

等到雪融化的日子,麻雀又来到了田里,终于找到了它的那枚铜钱。

麻雀向四周一看,田野里长满了蜂斗叶。

一定是这些蜂斗叶把铜钱的位置告诉麻雀的吧!

树的庆典

大树上开满了美丽的白花。大树也为花儿能把自己装扮得如此漂亮而感到分外高兴，可是却没有人过来夸赞它一句，一个人都没有！大树心里好失落。

为什么没人来夸夸大树呢？

因为大树孤零零地生长在原野中央，那儿很少有人去。

柔和的风儿吹来，静静地拂过大树的身体，轻柔地带走了它身上的花香。花香乘着风穿过了小河，掠过了田地，又从高高的山崖上滑了下去。最后来到了一片有许多蝴蝶翩翩起舞的土豆田里。

"哇！"一只停在土豆叶子上的蝴蝶闻到了花香，翕动着鼻子惊喜地说道："好香呀！啊，这味道简直让我醉了！"

"一定是什么地方开花啦！"停在另外一片叶子上的蝴蝶细声细气地说，"肯定是原野中央的那棵大树开花了。"

随后，土豆田里的蝴蝶们都闻到了这随风飘来的、沁人心脾的花香，"哎呀哎呀"的惊叹声络绎不绝，此起彼伏。

　　蝴蝶最喜欢花香了。闻到甜美醉人的花香，它们又怎会无动于衷呢！蝴蝶们决定飞到大树那里去，还要在那里为大树举行一个盛大而热闹的庆典。

　　一只翅膀上有华丽花纹的大蝴蝶带领着大家，有条不紊地朝着花香飘来的方向翩翩飞去。白蝴蝶、黄蝴蝶、枯叶蝶、蚬贝蝶，各种各样的蝴蝶扇动着翅膀，它们飞呀飞，飞过高高的山崖，掠过辽阔的田地，又穿过蜿蜒曲折的小河。

　　蝴蝶群中有一只最小的蚬贝蝶，因为它的翅膀不像其他蝴蝶那么强劲有力，所以飞一会儿就需要停下来在小河边稍作休息。当落在水草叶上休息时，蚬贝蝶发现旁边叶子的背面有一只它从未见过的小虫子，正在那儿睡得香甜。

　　"你是谁呀？"蚬贝蝶好奇地问。

　　"我是萤火虫呀！"那只小虫子睁开惺忪的眼睛，看了看蚬贝蝶，回答道。

　　"我们要在原野中央那棵大树那里举行一个庆典，你也一起来参加吧！"蚬贝蝶眨了眨眼，热情地向萤火虫发出了邀请。

　　萤火虫感到有些局促不安，小声说："可，可我是夜里的昆虫呀，大家是不会欢迎我加入的。"

　　蚬贝蝶笑着说："不会的，不会的！"在它的极力劝说下，萤火虫终于点头答应了蚬贝蝶的邀请，和它一起飞到了大树边。

　　盛大而热闹的庆典在大树旁举行了！蝴蝶们围着大树欢快地跳着优美的舞蹈，

无数扇动着的蝶翼，犹如冬日纷飞的鹅毛大雪，当蝴蝶们飞累了跳累了时，就合上翅膀落在雪白的花朵上，尽情享用甘甜芬芳的花蜜。快乐的时光总是短暂的，天色渐渐暗了下来，很快就到了傍晚时分。

大家都没玩尽兴，失望地叹息着："真想再多玩一会儿呢！可是，天色马上就要黑了呀。"就在这时，萤火虫想到了一个好主意，它飞回小河边，带来了许许多多的小伙伴。此时，每朵花上都停着一只发光的小萤火虫，远远望去，仿佛在大树上挂满了一盏盏的小灯笼，那么晶莹璀璨。就这样，蝴蝶们又开始欢天喜地围着大树跳起舞来，一直玩到深夜。

喜欢孩子的神仙

有一个很喜欢孩子的小神仙。平时他总是待在森林里，唱唱歌、吹吹笛子，或者和小鸟、野兽们一起玩耍，不过，有时他也会到人住的村子里去，和自己喜欢的孩子们一起玩。

但是，这个小神仙一次也没有在孩子们面前现身过，孩子们一点也不知道他的存在。

有一天早晨，下了一场很大的雪，地上很快就堆起来一层厚厚的积雪，孩子们在白雪皑皑的原野上快乐地玩耍着。其中一个孩子提议道："我们来玩个新游戏，大家都把自己的脸印在雪地上吧。"

其他孩子觉得十分有趣，于是，他们都弯下了腰，把自己圆圆的脸贴在雪地上，然后站起来一看，一个个圆脸都印在了雪地上，排成了长长的一列。

一个孩子开始数起来："一、二、三、四……"

"咦，怎么回事？居然有十四个。明明只有十三个孩子啊，怎么可能会有十四张脸的印记呢？"

一定是那个平时看不见的神仙来到了孩子们的身边，而且一定是这个神仙和孩子们一起把脸印在了雪地上。

喜欢恶作剧的孩子们彼此对视了一眼,用眼神交流了一下,意思是咱们来把那个神仙找出来吧。

"咱们来玩打仗游戏吧。"

"好啊,好啊。"

于是,最强壮的孩子当将军,剩下的十二个孩子都是士兵,孩子们排成了一列。将军命令道:"立正!报数!"

"一!"

"二!"

"三!"

"四!"

"五!"

"六!"

"七!"

"八！"

"九！"

"十！"

"十一！"

"十二！"

十二个士兵都报出了自己的号码。就在这个时候，明明没有看到任何人，但是紧跟在第十二个孩子的后面，却听到有人说道："十三！"那声音如两块玉佩相互撞击般清脆悦耳。

听到那个声音，孩子们立刻齐声喊了起来："在那儿，就在那儿！快捉住神仙啊！"说着，就把第十二个孩子旁边的位置包围了起来。

小神仙大吃了一惊。因为这群小家伙实在太淘气了，如果被他们抓住，不知道会如何戏弄他呢！小神仙赶紧从一个高个子男孩胯下钻了出去，慌忙逃回了森林里，但是，因为跑得太匆忙了，把一只鞋掉在了那里。

孩子们从雪上捡起了那只还留着热气的小红鞋。

"神仙居然穿这么小的鞋啊！"孩子们一起笑了起来。

自从那件事之后，小神仙就很少从森林里出来了。尽管如此，因为他真的特别喜欢孩子们，所以只要有孩子到森林里玩，就能听到从森林深处传来"喂喂"的呼唤声。

无名指的故事

在一个温暖的南方小镇上,有一位做木鞋的老鞋匠,一天到晚总是辛勤地埋头干活儿。老鞋匠的眼睛跟大象的眼睛一样小,总是一副睡眼惺忪的模样,但是鼻子和手掌却比别人的大一倍,而且很难看。

但就是这样一双很难看的手,做出的木鞋却非常漂亮,就像是从魔术师手里变出来的一个个有生命的小精灵一般。

孩子们整天蹲在鞋店前面的遮阳棚下,看老鞋匠干活儿。因为他的木鞋做得实在是太漂亮了,所以孩子们经常会不由得发出一阵阵赞叹声。

可就是这么一双灵巧的手,肯定也不小心犯过错误吧!因为老鞋匠左手的无名指没有了。大概是当他还在当木鞋店小学徒的时候,夜里干活儿时打瞌睡,结果凿子尖一滑,正好把那根手指给切掉了吧?

"马坦爷爷,做木鞋很难吗?"有一天,一个很想成为木鞋匠,但又怕切掉手指头的孩子这样问道。

马坦爷爷听了反问他道:"为什么这么问啊?"

"爷爷的无名指不是被凿子给切掉了吗？"

"噢，你是说这个呀。"马坦爷爷摊开左手掌，伸给孩子们看了看，然后说道，"它可不是被凿子切掉的哦！"

听了这话，孩子们才知道以前都猜错了，心里顿时涌起了一种不可思议的感觉，同时，也更加好奇了。

"那它是怎么没有的呢？"刚才的那个孩子认真地问。

"这个啊！"马坦爷爷的嘴角浮现出一丝微笑，只见他把没有无名指的大手一会儿张开，一会儿攥成拳头，反复了两三次，然后才把脸转向孩子们，说道："你们把手伸出来给我看看。"

孩子们有点害怕，谁也不肯把手伸出来。

"怎么啦？别害怕，我不会把你们怎么样的。"

经他这么一说，刚才那个特别想当鞋匠的孩子才慢慢伸出了一只手。马坦爷爷用他的大手抓起那只小手，带着一副非常怀念的表情一边盯着看，一边说道："是啊，失去无名指的时候，我的这只大手也跟这小手差不多大，别看它现在像树根一样粗糙，那时候也像这只小手一样细嫩光滑，很好看呢！"

"我是怎么失去无名指的呢？我来讲给你们听听吧！"说着，他又拿起凿子，弯下腰，开始凿起木鞋上的洞眼了。

那是在五十年前，当时马坦爷爷还是一个脸蛋儿红扑扑的可爱少年。那时，马坦爷爷住在北方一个古老的村子里，是母亲一个人含辛茹苦把他抚养大的。

村子里有很多苹果树，明媚的夏天里会开出许多雪白的花，村子里四处飘荡着苹果花的香气。天一冷，苹果花就变成了玉石一样艳丽的果实。一天，少年马坦在路边捡到了一个核桃，当时正好是苹果成熟的季节。

"什么啊，原来是个没用的东西啊！"

马坦把捡到的核桃又扔了。因为那核桃没有果实，只是一个空壳，可扔掉之后，他又觉得有点可惜，于是又把它捡了回来。

能不能用它来做件什么东西呢？他一边想着，一边摆弄来摆弄去，刚好套在了左手的无名指上。

"啊，帽子，帽子！"

马坦觉得好玩儿，就一个人笑了起来，还顺口编了首歌：

"无名指，无名指。戴帽子的无名指。啦啦啦！"

他把套着核桃壳的无名指一会儿弯曲，一会儿伸直，一边唱着这首胡编乱造的歌，一边往前走。走到一堵高高的石墙下时，他看到一个女孩孤零零地坐在那里。

"嗨，朱莉，你看啊！"马坦说着，就朝女孩走了过去。

"你看！这根手指头会鞠躬哦。你好，朱莉小姐！"

女孩看见套着核桃壳的无名指向她鞠躬，脸上露出了笑容。可是那双大大的绿眼睛里却噙满了泪水。马坦没有问她为什么哭，因为他知道，朱莉的母亲长年卧床不起，父亲是一个酒鬼，很少回家。他知道朱莉经常吃不上面包，整天只能靠喝凉水充饥。另外，他还知道，她那个酒鬼父亲只要一回家，就会把朱莉赶出家门。今天大概是父亲又回来了，所以她才会被赶出来的吧？

马坦和往常一样，想去安慰一下朱莉。可是怎么安慰她才好呢？要是有饼干，哪怕只有一块，也可以分着吃呀！

马坦抬起头来四处张望，突然，四五只熟透了的红苹果映入了他的眼帘。苹果树长在墙里，只有苹果垂在墙头上。

马坦想去摘一个苹果送给朱莉。他为什么会想要去摘别人家的苹果呢？只要回到自己家，院子里的苹果要多少就有多少。

马坦也知道摘别人家的苹果不好，但此时一心只想着安慰朱莉，所以就没有工夫考虑那么多了。

"你等着。"

说完,马坦就朝修车铺那边跑去了。修车铺的旁边堆着好多丢弃的破旧轮胎。马坦把其中的一个轮胎骨碌骨碌地转着推了过来,靠在了石墙上。

头上裹着白头巾,小脸圆圆的朱莉,默默看着马坦。她不知道马坦要干什么。马坦爬到了靠在墙上的轮胎上,然后把手伸向了苹果。

"啊,那可不行。"朱莉连忙叫了起来,"马坦,你不能那样,快下来!"

说着,她就去拉马坦的右手,可这时,马坦的左手已经抓住了一个苹果。

墙里面,大财主正手持剪刀,让他的女儿拿着篮子,一边挑选颜色好看的苹果,一边咔嚓咔嚓地剪下来呢!当马坦的手伸到苹果那里时,大财主刚好就站在那棵树下。

"马坦,我都说了,不可以那样做!"

朱莉拉着马坦的右手,马坦一下子就被拉了下来。可不知为什么,只见他捂着左手蹲在了地上,脸色煞白。

"啊!马坦!"

朱莉惊恐地尖叫了一声,然

后用围裙蒙住了自己的脸。

"我的无名指就是这么没有的。"

老爷爷一边说着，一边已经做好了一只木鞋。孩子们都瞪着眼睛，听得呆住了。

"就那么戴着核桃壳被剪掉了。"老爷爷一边抖落堆积在膝盖上的木屑，一边说道。

"很疼吧？"一个孩子问道。

"疼。要是你们，肯定会疼得跳起来哭的。"

"回到家里没有挨妈妈的骂吗？"另一个孩子问道。因为这个孩子每次在外面受伤回家后，都要挨妈妈骂，所以才这么问的。

"妈妈啊，骂我啦！妈妈狠狠地骂了我一顿。不过，骂完之后，妈妈就把我的手贴在自己胸前，哭着说，可怜的孩子，太可怜了！谁会做出这么狠心的事呢？"

"那大财主来道歉了吗？"其中一个年龄最大的少年问道。

"他没有来道歉。因为他说，是偷人家苹果的人不对。"

孩子们都不作声了。他们一定在想，偷苹果的确是不对，但是也不能因为偷了一个苹果，就觉得剪掉人家一根手指是理所当然的。这也未免太残忍了吧！

"后来，那个无名指怎么样了呢？"那个想成为鞋匠的孩子蹲在最前边，问道。马坦爷爷被他那认真的样子感动了，说道："还想听吗？那我就再给你们讲一讲吧，等一下啊！"

夕阳已经西斜了，马坦爷爷收起了孩子们头上的遮阳棚，然后回到工作台边坐下，又开始凿起下一只木鞋来。

马坦小学毕业后，想成为一名木鞋匠。事实上，他原本想去有着美丽山峦的瑞士做一名牧羊人，但遗憾的是，他不得不放弃这个梦想。少年马坦认为，想做一名牧羊人必须会吹笛子。可是，没有了无名指的人，怎么能吹好笛子呢？

马坦想成为木鞋匠也是有原因的。那是因为朱莉只能穿妈妈的旧木鞋，很不好走路，一走起来还发出咔嗒咔嗒的声音，稍微走快点，木鞋就会掉下来，马坦觉得她很可怜，想亲自帮朱莉做一双合脚的木鞋。

离村子几公里的地方，在某个河口处有一个大镇子，那里住着一个非常出色的木鞋匠。少年马坦就到那位木鞋匠那里去当了学徒。

"少了一根手指，这家伙可能无法成为一个好的木鞋匠。"师傅一边用自己的手拿着马坦的左手看着，一边心里想着。

但是马坦非常认真努力。工作的时候，那双炯炯有神的小眼睛像蓝宝石一样闪闪发光。直到挂在墙壁上的油灯的灯芯快烧光了，即将熄灭，马坦都一直待在工作间的角落里孜孜不倦地工作着。

"马坦，该睡觉啦。"师傅对马坦说道。

"师傅，我还不困。"马坦抬起头来说道。

"就算你的眼睛不困，灯的眼睛也困了，快点儿睡吧。"

马坦第一次用自己的双手制作出了一双木鞋，是在他来到这个镇上的第三年。

第一次自己做出来的东西。世界上还有如此令人怀念、如此美丽、如此美好的东西吗？马坦一会儿把木鞋紧紧地抱在怀里，一会儿又放在双手上，把手掌使劲儿伸展开，歪着头端详着，晚上睡觉的时候也会把木鞋整整齐齐地摆在枕边，还担心会被老鼠给拖走了。

马坦在木鞋上刻上"朱莉"的名字，然后把这双自己第一次制作出来的木鞋托人带到村里送给了朱莉。

朱莉收到木鞋一定高兴得都快哭出来了，因为她写了一封长长的感谢信寄给了马坦。

"一想到这是马坦亲手做的木鞋，我就觉得穿在脚上的话实在太可惜了""我决定只有赶集的时候或者过节的时候，还有星期天去教堂的时候才穿""我会把它们当作马坦的手一样好好珍惜"等，长篇大论都是这些感激的话，"谢谢，谢谢"不知道出现了多少次。

但是，如果只是赶集或者过节的日子才穿，木鞋就没有那么容易磨坏了。从那以后又过了三年，有一天，马坦收到了一封朱莉写给他的信。信的内容如下："马坦，怎么办呢？我的脚一点点变大了，可是那双木鞋却没有长大。昨天我好不容易才穿进去了，强忍着走到教堂，结果脚上磨出两个泡来。"

"哎呀，太可怜了。我彻底忘记了朱莉的脚是会长大的啊！"

此时的马坦已经成为一名非常出色的木鞋匠，能够独当一面了，他立刻挑选了一块没有木结、纹理细腻的好木头，开始做新木鞋。做完之后，他就向师傅提出了辞职。

"马坦，你第一次来我店里的时候，我看着你的手，心里想，长着这么一双少了一根手指的手的人是不会成为一个好手艺人的，但是你拼命地努力工作，现在甚至比我这个师傅都优秀了。就这么让你离开了，我真是觉得非常可惜啊！"

师傅惋惜地说着，然后给了马坦很多钱，依依不舍地送他离开了。

马坦小心翼翼地把师傅给的钱和木鞋带在身上，就离开了繁华热闹的河边城镇。那天正值深秋时分，寒风从东面刮来，田野里连一个人影都看不见，萧瑟的场景虽然让马坦感到有些寂寞，但是，他的内心深处却充满了喜悦，兴冲冲地踏上了归途。他走过了一个个山丘，每个山丘上都有四架风车，在无边无际的秋日天空下，风车随风骨碌骨碌地转动着。仿佛被风车的叶片所吸引一样，白云如同棉絮般从东边的地平线流出来，又没有任何停留地流向远方。

当他经过一架风车下面时，一个男子从风车后面走了出来。

"喂。"那个男子对着马坦招呼道。

"你好像是在赶路啊，这是要到哪里去啊？"

马坦虽然觉得这个皮肤光滑的男人给人一种很讨厌的感觉，不过他还是说了实话，告诉他自己打算前往的村子的名字。

"啊，是吗？"男子听了这话露出一副十分高兴的表情。

"那真是太好了。其实我也正要回那个村子去呢！咱们刚好顺路。那就一起走吧！"

"你是哪里人啊？"

"我就是在那个村子里出生的啊！"

"诶？"

马坦仔细打量了一下那个男人，但是，一点儿也不记得曾经见过他。

那个男子仿佛看穿了马坦心中的疑惑一般,紧接着说道:"虽然我是在那个村子里出生的,不过三十年前我就离开那里了,所以对村子里的事情也不太了解,村子里肯定很多人都不知道我是谁了。"

两个人继续沉默地往前走。

过了一会儿,男人又问道:"虽然我三十多年前就离开村子了,不过说不定我认识你妈妈呢,你妈妈叫什么名字啊?"

他这么一问，马坦不由得产生了兴趣，回答："我的妈妈叫罗莎。"

"罗莎？"男子嘴里喃喃自语着，像是在努力回忆着很久以前的事情一样，深思着。过了一会儿，他突然像是想起来一样叫了出来："啊，对啦！我想起来了！我想起来了！罗莎，罗莎。"

他偷偷瞥了一眼马坦从帽檐里掉下来的亚麻色头发，然后带着怀念的表情说道："你妈妈是不是长着一头亚麻色的头发？"

"不是。我妈妈是金色的头发。"马坦回答道。

男子慌忙解释道："啊，对对，是金色的头发。我刚才也想这么说来着，一不小心说错了。"

然后他又瞥瞥马坦的小眼睛，说道："你妈妈长着一双小小的、很可爱的眼睛。"

他觉得这次自己肯定不会错了，于是很自信地盯着马坦看着。

"没有那回事，我妈妈长着一双很大的眼睛。"马坦回答道。

"啊，对对。的确是美丽的大眼睛。我本来也想这么说的，不由得又说了错话。我这嘴今天有点儿不对劲呢。"男子赶紧又遮掩过去了。

然后他又说道："你妈妈一定是世界上独一无二的温柔的好妈妈吧！"

这话没错。对马坦来说，世界上没有一个人比妈妈更温柔。

无论是谁，别人夸奖自己的妈妈时，肯定都会觉得很高兴，于是马坦就这样信任了那个男人。

两个人就这样一直走到那天傍晚，才好不容易找到一家路边的旅店，便一起住了下来。看来这一天的旅途实在是累坏了，那个人躺倒在床上就开始鼾声大作，于是，马坦也倒头就睡，并且不服输似的大声打起呼噜来，然而，真正睡着的却只是马坦一个人，同行的那个男人从一开始就是在假装打呼噜。他根本就是在装睡。

半夜，挂在天上银盘一般的月亮静静地洒下银色的月光，刚好照射着那个悄悄推开旅店窗户，像蝙蝠一样从里面跳下去的人影。那个人影像是很怕待在明亮的地方一样，一边寻找着篱笆、草丛、马厩、墙的阴影等黑暗的地方躲藏着身影，一边往远处跑去，很快就消失在了黑暗的森林深处。

早上，马坦醒过来时才发现，自己的木鞋和钱都随着同伴一起消失得无影无踪了。世界上怎么会有这么可恶的家伙啊？自己那么长时间辛勤工作，用血和汗换来的金钱，就被这个恶魔一样的家伙给偷走了。

但是，东西丢了就是丢了，如果一直为失去的东西而烦恼哀叹的话，那才是愚蠢的行为。马坦还没有付住宿费。虽然钱并不多，但是马坦所有的钱都被小偷给偷走了，所以他现在连那一点住宿费都付不起了，于是，他想了一个办法，从旅店老板那里借来了凿子和锤子，做起了木鞋，然后用这些木鞋来偿还住宿费用。

很快马坦就做好了三双木鞋，瘦小的店老板的木鞋，挺着气球一样大肚子的女主人的木鞋，还有他们可爱小女儿的小木鞋。看着这些木鞋，店老板非常高兴，说这些足够抵掉住宿费了。

可是，这个村子里没有木鞋店，村民平时买鞋很不方便。当听说旅店里住着一位手艺非常精湛的年轻鞋匠时，一传十，十传百，村民们都纷纷前来订购木鞋。

就这样忙了一整天，天都黑了，工作还没有做完，于是，马坦又在那个旅馆里住了一夜。到了睡觉时，马坦对旅店的老板说："昨晚那个房间，我一个人睡太大了，如果还有其他小一点的房间，请帮我换一个。"

"当然可以。刚好走廊尽头的那个小房间现在空出来了，请你搬到那边去住吧！"老板说着，把蜡烛交到了马坦的手里。

马坦说了声"晚安"，就到老板说的走廊尽头的那个房间去了。

在那间天棚很低、只有一扇窗户的小房间里，马坦在临睡之前又做了一会儿木鞋。房间的木板墙上趴着一只蟋蟀，仿佛是在和马坦说话一般嘀嘀鸣叫着。

夜深了，马坦也累了，于是，准备休息。当马坦打开桌子的抽屉，准备把凿子、锤子等工具放进去的时候，他突然在抽屉里发现了一个鼓鼓的钱包。

这实在太出乎意料了。马坦迷迷糊糊地想着，这是谁的钱包呢？是昨天晚上住在这个房间里的人匆忙之中忘记在这里的吗?那么,如果马坦拿走了这个钱包,会怎么样呢?悄悄地把它放到自己的怀里,不也是神不知鬼不觉的吗?不行,说不定忘记钱包的人正在赶回来取钱包呢!那么趁现在还没人发觉,马上推开窗户逃走吧!

马坦呆呆盯着钱包,脑袋里各种混乱的声音在响着。各种各样的事情交织在一起,搅得他头晕目眩,心烦意乱。木板墙上的蟋蟀落到了地板上,好像要说点儿什么似的。

"那是不对的。那是不对的。"蟋蟀在唱着。

于是马坦的脑海中有一个声音在小声地说着:"在这个世界上,大家都会做坏事。你的钱不是也被人偷了嘛,那你就偷别人的好了。"

"没错。"马坦一边这么想着,一边把左手哆哆嗦嗦地伸向了那个钱包。

蟋蟀停止了歌唱。蜡烛的火焰熄灭了,剩下一汪烛油。刚刚还有人在厨房里热闹地玩着纸牌,现在也安静下来了。此刻,在这个寂静深邃的夜里,只有小溪流水的潺潺声。

正当马坦的左手刚好放在躺在抽屉里的钱包上时,突然听到了咚咚咚的敲击声,不过马上就停止了。马坦以为自己听错了,于是又想把钱包拿到手里,然而,那个敲击声又响了起来。是谁在什么地方敲打什么呢?不像是在敲门,也不像是从外面在敲窗户。这么晚了,是什么人还没睡呢?

马坦悄悄环视了一下自己的周围。没有火的炉子、炉架上的旧盘子、天棚、黑色的墙洞、摆在壁龛上的耶稣像、墙壁和地板的缝隙、分成两个的自己的影子和躲在人影里停止了鸣叫的蟋蟀,他一个一个看过去。这些沉默不语的东西仿佛都在默默地责备着马坦要做的事情,但又像是在说,一旦马坦做了那件事,它们都会为他保守这个秘密,于是,马坦再一次把手伸向了钱包。突然,咚咚咚的敲击声再次响起。

"这是谁啊?"马坦自言自语道。

一个回答的声音传进了马坦的耳朵里:"是我。"

"怎么会有这种怪事?就算是猫也有名字的,如汤姆、阿喵之类的,总会有一个名字。"马坦说。

"的确是一件很奇怪的事。我有四个兄弟姐妹,他们都有各自的名字,只有我没有名字。"那个声音回答。

"你站在门外吗?刚才就是你在敲门吗?"马坦问道。

"是的,刚才是我在敲门。"那个声音回答道。

"但是,我不能用力敲门。只有和我的四个兄弟姐妹在一起时,我才能更用力敲门。"

"那你自己跑到这个地方来,是有什么事吗?"①

---

① 编者按:作者英年早逝,故事未写完。每个读者心中都有一个属于自己的《无名指的故事》的结局……

 马坦

 喜欢孩子的神仙

 蚬贝蝶和萤火虫

 捡到铜钱的麻雀

 少年和音乐钟

 菊次